Mel Gosselin

Cétacia

Tome 1

ROMAN

Éditions du Phœnix

© 2012 Éditions du Phœnix

Dépôt légal, 2012
Imprimé au Canada

Graphisme de la couverture : Guadalupe Trejo
Illustration de la couverture : Winson Tsui
Graphisme de l'intérieur : Hélène Meunier
Révision linguistique : Hélène Bard

Éditions du Phœnix

206, rue Laurier
L'Île-Bizard (Montréal)
(Québec) Canada H9C 2W9
Tél.: 514 696-7381   Téléc.: 514 696-7685
www.editionsduphœnix.com

**Catalogage avant publication de Bibliothèque et
Archives nationales du Québec et Bibliothèque et
Archives Canada**

Gosselin, Mel, 1986-

  Cétacia
  **Sommaire: t. 1. Le fils de la baleine -- t. 2. Le
peuple élu.**
  ISBN 978-2-923425-78-8 (v. 1)
  ISBN 978-2-923425-79-5 (v. 2)
  **I. Titre. II. Titre: Le fils de la baleine. III. Titre: Le
peuple élu.**
**PS8613.O771C47 2012   C843'.6 C2012-941383-6
PS9613.O771C47 2012**

Conseil des Arts   Canada Council
du Canada   for the Arts

Nous remercions la SODEC de l'aide accordée à notre
programme de publication. Nous reconnaissons l'aide
financière du gouvernement du Canada par l'entremise
du Fonds du livre du Canada pour nos activités d'édition
à notre programme de publication.

Nous sollicitons également le Conseil des Arts du
Canada. Éditions du Phœnix bénéficie également du
Programme de crédit d'impôts pour l'édition de livres –
Gestion SODEC – du gouvernement du Québec.

Mel Gosselin

Cétacia

Tome 1

Le fils de la baleine

Pour Marianne,

C'est toujours plaisant de rencontrer de jeunes écrivains ! Continue ton beau travail !!

Mel Gosselin

Éditions du Phœnix

*En mémoire de ces enfants ouvriers
que l'histoire a oubliés,*

*De ceux qui ont troqué leur enfance
contre des miettes de pain séché,*

*De ces Canadiens français
dont nous ignorons les noms,*

*De ces ancêtres qui ont perdu
leur identité, leur âme et leur dignité.*

*Le sang de ces orphelins coule
dans les veines de millions d'Américains.*

*Aucunement conscients qu'ils en sont
les fiers descendants,*

*Ils n'entendront jamais le chant
du Saint-Laurent,*

Murmurant en eux

La genèse de leurs aïeux.

Remerciements

Je désire remercier sincèrement tous mes amis et tous les membres de ma famille qui m'ont accompagnée depuis le début de cette longue aventure. Votre appui et vos encouragements, même s'il s'agissait parfois d'une simple tape dans le dos, m'ont permis de persévérer lorsque se sont présentés les nombreux obstacles qui ont jalonné mon chemin.

Merci à la feue maison d'édition Les publications L'Avantage pour avoir cru en moi et pour m'avoir offert la chance d'accomplir mes tout premiers pas dans le monde de la littérature québécoise. Merci également aux Éditions du Phœnix, qui ont permis à *Cétacia* de renaître de ses cendres et de reprendre son envol. Offrir une seconde vie à un roman est toujours un grand privilège.

Je dois aussi une fière chandelle à Tom Sawyer, à Oliver Twist, à Huckleberry Finn, à Jean Valjean, à David Copperfield, à Anne Shirley, à Cedric Errol, à Laura Ingalls, à Gulliver, à d'Artagnan, à Frankenstein, à Poil de carotte, au Capitaine Nemo, au docteur Jekyll et à tous les autres personnages de littérature qui, par leurs aventures, m'ont donné à découvrir les joies de la lecture et les plaisirs de l'écriture.

Mel Gosselin

AVERTISSEMENT

Ce livre est une œuvre de fiction s'inspirant de faits réels.

Il contient des propos s'adressant à un public averti.

Prologue

Nous sommes en 1881, au Massachusetts. La petite ville de Lowell, située à quelques kilomètres de Boston, est considérée comme étant le berceau de la révolution industrielle américaine. Et pour cause, il s'agit du plus grand centre manufacturier des États-Unis. Qui dit nombreuses industries dit, bien sûr, important besoin de main-d'œuvre. La ville a donc accueilli des milliers d'immigrants venus, par-delà les mers, armés du même espoir : s'y construire une vie meilleure.

Parmi ces gens, on retrouve des Canadiens français. Ils vivent dans le froid, la pauvreté et le chômage. Leur patrie natale n'arrive plus à satisfaire leurs besoins les plus élémentaires. C'est par centaines que les valeureuses familles ouvrières canadiennes-françaises ont frappé à la porte de leur voisin du Sud, à la recherche d'un gagne-pain. Hélas ! Ils ont été loin d'y trouver la Terre promise tant espérée, et d'y recevoir un accueil chaleureux. Ces nouveaux arrivants sont, au mieux, traités avec mépris dans une société dominée par les anglo-protestants.

Au salaire de famine s'ajoutent, dans les fabriques, les conditions de travail inhumaines, les quarts de travail de plus de quatorze heures quasiment sans pauses ni congés, sans parler des dangers encourus par les ouvriers chargés d'actionner les machines.

En cette période, ces nouveaux citoyens américains vivent dans un quartier reculé et insalubre appelé Petit Canada, où le clergé catholique jouit d'une forte influence sur les habitants très pieux qui n'ont souvent que l'hostie pour repas. On y célèbre davantage de funérailles que de mariages. Quand ils ne meurent pas de faim, les gens sont emportés par la maladie ou les accidents de travail. À l'instar du Tiers-Monde, la mort y est tellement banalisée que la présence de cadavres dans les rues laisse le peuple indifférent au sort de ces victimes.

C'est dans cet enfer que grandissent les jumeaux Demers : Mathias et Stanislas. N'ayant jamais connu leur mère, morte en leur donnant naissance, ils ont été entourés de l'amour d'un père tendre et généreux. Ancien pêcheur originaire de la Gaspésie, Joseph Demers a dû abandonner son métier et suivre la vague d'immigration massive vers la Nouvelle-Angleterre pour offrir une vie décente à ses fils, qui n'étaient alors âgés que de sept ans.

Joseph Demers désire que ses garçons profitent d'une enfance heureuse et insouciante ; il fait tout ce qui lui paraît possible pour leur faire oublier l'horreur et la misère qui les entourent. Il s'est toujours formellement opposé à ce que ses fils travaillent comme lui dans l'une des nombreuses filatures de la région. Étant témoin quotidiennement de la cruauté des contremaîtres et du traitement esclavagiste réservé aux enfants ouvriers – considéré comme normal et accepté par la société américaine –, il ne peut s'y résoudre. Se résignant au jugement de leur père, les jumeaux n'ont pour revenu que les quelques cents qu'ils reçoivent en servant la messe chaque matin pour le curé Cadoret.

Aujourd'hui, le 24 juin 1881, à l'aube de leur douzième anniversaire, Mathias et Stanislas s'apprêtent à faire une incroyable découverte...

Chapitre I

Les Canadiens français

— *Qui pridie quam pateretur, accepit panem in sanctas ac venerabiles manus suas, et elevatis oculis in coelum ad te Deum Patrem suum omnipotentem, tibi gratias agens, bene dixit, fregit, deditque discipulis suis, dicens : Accipite, et manducate ex hoc omnes...*

— Zzz... zzz... zzz...

— Mathias ! Mathias ! Réveille-toi ! C'est bientôt à toi de jouer ! chuchota le garçon à son frère en le secouant doucement.

Mais rien n'y fit. Mathias était prisonnier de son sommeil, la bouche grande ouverte, ronflant comme un moteur. Stanislas savait qu'ils accaparaient l'attention de l'auditoire entier, ce qui le mettait plutôt mal à l'aise :

— Ce n'est pas drôle ! Tu me fais honte ! Quelle idée, aussi, de te coucher aussi tard !

Allez! Au boulot! insista-t-il en secouant son frère avec un peu plus d'intensité, ce qui le réveilla enfin.

— Quoi? Quoi? Est-ce que j'ai manqué quelque chose? demanda Mathias, l'air confus, en s'étirant bruyamment et sans aucune retenue.

Il repensa soudainement à sa tâche et se dépêcha de sonner la clochette pour souligner la consécration. Le prêtre ne semblait pas apprécier le comportement insolent de Mathias. Heureusement, le vieil homme commençait à en avoir l'habitude. Quand Mathias ne s'amusait pas à faire des grimaces dans le dos de l'homme d'Église, il simulait les symptômes d'une gastroentérite pour rentrer chez lui plus tôt, il remplaçait l'eau bénite par du vinaigre, il peignait des moustaches sur les statues ou il mélangeait du crottin de chevaux avec de l'encens pour empester l'église. Ce n'étaient là que quelques exemples des mauvaises blagues inscrites au dossier de Mathias.

C'est ainsi que se déroulait la messe chaque matin, depuis que les jumeaux Demers assistaient le curé Cadoret à l'église Saint-Jean-Baptiste du Petit Canada à Lowell. Alors que

Stanislas, très dévoué, prenait plutôt sa tâche à cœur, ce n'était pas le cas de Mathias. Il aurait préféré s'amuser et vagabonder dehors plutôt que d'entendre le même discours ennuyant tous les jours, et qui plus est, dans une langue qu'il ne comprenait même pas.

Cette attitude trahissait fort bien les caractères distincts des frères. Bien qu'ils fussent trait pour trait identiques, avec leur taille bien en dessous de la moyenne des garçons de leur âge, leurs cheveux d'un blond platine légèrement frisottés, leurs visages triangulaires, leur peau claire, leurs nez fins et leurs yeux couleur azur en forme d'amande, leurs personnalités étaient situées aux antipodes.

Alors que Mathias était le bagarreur, l'impulsif et l'espiègle du duo, Stanislas, pour sa part, était sage, obéissant et réservé, réparant sans cesse les bêtises que son frère commettait. Il adorait étudier et rêvait d'intégrer, un jour, la prestigieuse université d'Harvard, même s'il savait que ça lui serait impossible, étant donné leur maigre revenu familial. Il était le seul des deux à savoir lire et écrire, ayant tout appris par lui-même, car ni lui ni son frère n'étaient allés à l'école.

C'était un solitaire qui préférait passer ses journées à la bibliothèque pour y emprunter des ouvrages théoriques ou des romans de tous genres. Mathias, quant à lui, était un amateur de compétitions d'hommes forts, et il s'entraînait sans cesse dans le but de ressembler à ses idoles ou de défier les autres enfants du quartier. D'ailleurs, en observant attentivement les jumeaux, on percevait une subtile différence dans leur allure, Mathias étant légèrement plus costaud et plus grand que son frère.

Rien n'était plus insultant pour Mathias que d'être confondu avec son frère, qui lui cassait un peu trop souvent les pieds à son goût par son comportement d'enfant modèle. Ce sentiment était réciproque : Stanislas détestait qu'on le prenne pour un voyou. Même si les frères ne correspondaient pas au cliché des jumeaux complices et inséparables (Mathias étant le premier à taquiner et à ridiculiser Stanislas), ils savaient très bien qu'ils pourraient toujours compter sur l'autre, quoi qu'il arrive.

— *Misereatur vestri omnipotens Deus, et dimissis peccatis tuis, perducat te ad vitam aeternam...*

C'était bientôt le moment de la communion. Les jumeaux se préparaient à accompagner le curé Cadoret avec la patène afin qu'il puisse, sans incident, déposer l'hostie consacrée dans la bouche de chaque croyant, car nul mortel, hormis le curé, n'avait le droit de toucher au corps du Christ. La patène s'appuyait au menton du fidèle qui se préparait à recevoir l'hostie sur la langue, afin d'éviter que celle-ci tombe sur le sol, ce qui aurait été un grand sacrilège. Puis, enfin, arriva le moment préféré de Mathias : le dernier signe de la croix, signifiant le dénouement tant espéré de la messe. Après que les derniers fidèles furent sortis, le garçon lâcha un cri de joie et rentra en trombe dans la sacristie. Pendant qu'il enlevait son surplis, il reçut une claque derrière la tête.

— Aïe ! dit-il, en se frottant la tête.

— Quand vas-tu apprendre à bien te tenir ? Chaque matin, c'est la même histoire ! Les habitants du quartier commencent à parler dans notre dos ! Tu as vu comme nous sommes dévisagés ? lâcha Stanislas, indigné.

— Et alors ?

— Tu nuis à la réputation de papa ! Tu sais, tout comme moi, que les gens le trouvent étrange parce qu'il n'assiste jamais à la messe. N'en rajoute pas ! Tu devrais plutôt être fier que monsieur le curé nous ait choisis comme servants de messe et tu devrais le remercier d'être aussi clément et patient à ton égard ! Il n'y a personne, à part toi, qui semble trouver tes blagues drôles !

—Ils n'ont pas de goût, c'est tout ! Non, mais c'est vrai, regarde tous ces moutons qui viennent pour entendre le vieux radoter toujours et encore les mêmes prières en latin. Au moins, je mets un peu de piquant dans leur journée ! Les as-tu au moins observés une fois ? Ils ont les yeux tout pochés !

— C'est normal. Ils se lèvent tôt et ils savent que, tout de suite après la messe, ils doivent aller travailler. Toi non plus, tu n'aurais pas vraiment le cœur à la fête, sachant que tu t'en vas travailler jusqu'au coucher du soleil. Je suis sûr que tu ne serais même pas capable d'en faire autant !

— Es-tu en train d'insinuer que je suis paresseux ?

— Qu'est-ce que tu en penses, monsieur Je-suis-meilleur-que-tout-le-monde-surtout-comme-incapable ?

— Espèce de petit pleurnichard, de petite mauviette, de chouchou du curé! Pour qui tu te prends? N'oublie pas que je suis plus fort que toi. Tu vas regretter tes paroles!

Mathias sauta sur son frère et commença à lui donner des coups de poing. Stanislas essayait tant bien que mal de riposter. Le curé Cadoret entra soudainement dans la sacristie et sépara les frères.

— Je vous ordonne d'arrêter immédiatement! Allez, ça suffit, Mathias, lâche ton frère! Je ne veux pas de bagarre dans la maison de Dieu! dit le vieil homme en agrippant le poignet du gamin.

— C'est lui qui a commencé! Il m'a insulté, rouspéta Mathias en montrant son frère du doigt.

— Estime-toi chanceux d'être le frère de ce petit ange! Si ce n'était de lui, il y a longtemps que je t'aurais fichu à la porte! Quand vas-tu prendre un peu de maturité, mon garçon? soupira le prêtre, plutôt exaspéré.

Le garçon haussa les épaules et jeta sa soutane noire à bout de bras dans l'armoire, sans même prendre la peine de la suspendre à un crochet.

— Tiens, reprit le curé en lui tendant une pièce de cinq cents, je te remets ton dû, bien que tu ne le mérites pas. Réfléchis à ton comportement ! Maintenant, file ! Avant que je te donne un bon coup de pied au derrière !

— Merci, marmonna Mathias avant de coiffer la casquette brune qu'il portait en quasi-permanence (l'un des rares indices qui permettaient de distinguer physiquement les jumeaux).

— Jeune homme ! Je te l'ai déjà dit ! Pas de couvre-chef tant que tu n'es pas à l'extérieur !

— Ouais, ouais, dit le garçon sur un ton fanfaron en sortant de la sacristie, sans écouter davantage l'homme d'Église.

— C'est presque invraisemblable que vous soyez nés des mêmes parents, dit le curé en hochant la tête.

— Vous savez, monsieur le curé, il n'est pas aussi terrible qu'il le laisse paraître. C'est quelqu'un d'honnête, de généreux et de très serviable en réalité. À la maison, il aide beaucoup papa et on s'amuse bien ensemble, de temps en temps. Il n'aime pas être servant de messe, c'est tout. Il ne cesse de répéter qu'il ne fait cela que pour l'argent…

— S'il ne fait cela que pour l'argent, pourquoi votre père ne l'envoie-t-il pas travailler? Ce ne sont pas les manufactures qui manquent à Lowell! Il rapporterait un salaire beaucoup plus important qu'en servant la messe. Peut-être que le travail ouvrier dompterait enfin ce petit ingrat, une bonne fois pour toutes!

— Papa ne veut pas que nous travaillions. Enfin, pas tout de suite. Il veut que nous profitions de notre enfance, comme il nous le répète souvent. Vous savez, il était pêcheur avant que nous emménagions ici et tout le monde sait que, pour les marins, la liberté est une valeur sacrée. Il préfère que nous ayons un peu moins de moyens, mais que nous soyons libres. Je suis plus ou moins d'accord avec son idée, mais il y tient mordicus.

— Quelle idée bizarre! Ça va à l'encontre des valeurs des autres familles canadiennes-françaises du quartier! Quoique ça ne me surprenne pas du tout, venant de votre père… Un vrai mouton noir, tout comme ton frère, d'ailleurs… Heureusement que tu n'es pas comme eux. Tu as encore une chance de gagner ton ciel, toi, au moins. Au fait, l'idée d'aller à l'école ne t'a jamais effleuré l'esprit? Je connais très bien la religieuse qui enseigne à la petite école de la paroisse. Je pourrais faire en sorte que tu puisses y aller sans frais ! Je suis persuadé qu'en un rien de temps, tu dépasserais les autres élèves. Tu es tellement brillant...

— C'est très gentil à vous, mais pour l'instant, j'apprends par moi-même et cela me plaît ainsi. Je me sentirais mal à l'aise d'être sur un banc d'école, alors que mon frère ne pourrait pas y aller. Ça le rendrait beaucoup trop jaloux, dit Stanislas en prenant soin de bien plier sa soutane pour qu'elle ne se froisse pas.

— Tu es trop bon pour lui. Sois sûr qu'il n'en ferait pas autant pour toi ! Je t'en prie, fais-moi au moins le plaisir d'y penser, d'accord ? Au fait, si j'ai bonne mémoire, c'est bien ton anniversaire aujourd'hui ?

— C'est exact. Je suis si heureux que mon frère et moi soyons nés le jour de la Saint-Jean-Baptiste. Comme c'est férié, mon père peut passer du temps avec nous ! Quel fils d'ouvrier ne rêverait pas d'une telle chance ?

Le curé Cadoret n'eut pas le temps de répondre qu'une cacophonie venant de l'orgue se fit entendre.

— Attends-moi une minute, je reviens ! dit-il en serrant les dents.

Comme il le craignait, il aperçut Mathias qui s'était improvisé organiste. « Seigneur, dans votre grande bonté, je vous en prie, apportez à cet enfant obéissance et respect », murmura-t-il entre ses dents, totalement dépassé par les événements, avant de prendre une grande inspiration pour essayer de garder son calme :

— Que fais-tu encore là ? Lâche cet orgue immédiatement. Tu risques de l'abîmer ! Ce n'est pas un jouet ! aboya-t-il, rouge de colère, en fermant le clavier si violemment qu'il faillit écraser les doigts du gamin.

— Je ne faisais que passer le temps en attendant mon frère.

— Je ne te crois pas ! Je suis persuadé que tu préparais un autre de tes mauvais coups ! Tu t'apprêtais à mettre de la colle sur le banc ou à boucher l'un des tuyaux, je suppose ? Déguerpis immédiatement, je n'ai pas fini de discuter avec Stanislas ! Il te rejoindra après ! Allez, du balai ! Je t'ai déjà dit d'enlever cette casquette quand tu es à l'intérieur de l'église, garnement ! Tu es sourd ? affirma-t-il en prenant Mathias par

23

l'oreille pour l'entraîner vers la sortie sans se préoccuper de ses gémissements.

— Croyez-moi, j'aurais aimé être sourd! Je dois vous endurer tous les matins lorsque vous récitez ces ennuyantes prières avec votre voix pâteuse et enrouée! Des pastilles pour la gorge, ça existe, vous savez, monsieur le curé, à moins que vous ne soyez trop occupé à amasser de l'argent pour vous acheter une moumoute pour camoufler votre horrible calvitie, lança Mathias, les dents serrées par la douleur, mais ne pouvant s'empêcher de sourire avec malice.

— Un autre commentaire du genre et tu vas le regretter! répondit le curé, enragé, en claquant violemment la porte.

Mathias s'assit sur le perron de l'église, l'air boudeur, en attendant que Stanislas en sorte. Il se demandait pourquoi le curé Cadoret retenait sans cesse son frère après les messes. Même lorsque Mathias posait la question à Stanislas, celui-ci lui donnait des réponses floues. Le gamin remarqua que les habitants du Petit Canada commençaient à décorer les rues de drapeaux et de banderoles multicolores pour la parade annuelle de la Saint-Jean-Baptiste.

Certaines personnes s'étaient même déjà costumées et des chars allégoriques étaient déjà parés. La Saint-Jean-Baptiste était une fête si importante pour les Canadiens français qu'ils avaient réussi à convaincre les grands patrons américains de leur donner congé lors de cette journée, à condition d'effectuer des heures supplémentaires en échange. Cette fête permettait de renouer avec leurs origines, que l'éloignement géographique leur faisait, petit à petit, oublier. Tout le monde était heureux de célébrer cette fête, sauf, bien sûr, Mathias.

La coutume, à la Saint-Jean-Baptiste, était de choisir un petit garçon blond aux cheveux bouclés et aux yeux bleus que l'on assoyait sur un char allégorique. Le garçon était censé personnifier saint Jean-Baptiste. Parce que les jumeaux correspondaient parfaitement à ces critères, ils étaient tour à tour élus chaque année pour jouer ce rôle. Ils avaient ainsi la chance d'être le clou de la parade. Cette année, c'était au tour de Mathias d'emprunter les traits du saint, et ça ne lui plaisait pas du tout. Même si tous les enfants du quartier auraient donné n'importe quoi pour être à sa place, il trouvait injuste que son anniversaire tombe la même journée que cette célébration. Il était donc particulièrement irritable en ce jour de fête.

Après une bonne demi-heure, il aperçut enfin son frère qui sortait de l'église.

— T'en as mis du temps ! Le vieux t'a demandé de cirer ses chaussures ou quoi ? dit-il en ricanant et en se relevant.

— Non... Non... Nous avons seulement discuté de tout et de rien et je n'ai pas vu le temps filer, répondit Stanislas.

— Ah oui, vraiment ? Ça fait plusieurs matins que tu restes après la messe ! Et puis, pourquoi il te donne sans cesse des bonis ? C'est trop gros pour être une pièce de cinq cents, ça ! lâcha-t-il en remarquant une pièce de vingt-cinq cents dans la paume de son frère. C'est écrit dans le ciel que t'es le petit préféré du curé !

— Euh... bien... C'est notre cadeau d'anniversaire ! dit Stanislas, embarrassé.

— Vraiment ? Depuis quand le vieux nous donne-t-il des cadeaux d'anniversaire ? demanda Mathias en haussant un sourcil soupçonneux.

— Si ! Si ! Je te le jure ! Donc, cette année, c'est toi qui vas jouer saint Jean-Baptiste, pas vrai ? J'échangerais ma place contre la tienne n'importe quand ! J'adore ça ! se hâta de dire Stanislas pour dévier du sujet original.

Les jumeaux empruntèrent le chemin du retour. Plusieurs passants, les reconnaissant, leur envoyèrent la main en leur souhaitant une bonne Saint-Jean-Baptiste.

— Bof... Je te donne ma place quand tu veux, Stan ! Moi, ça m'énerve ! Les peaux de mouton qu'ils nous mettent sur le dos me donnent des démangeaisons et, en plus, on empeste pendant des jours entiers ! Et que dire des coups de soleil qu'on attrape ? Ai-je vraiment besoin de te rappeler à quoi ressemblait ta figure l'an dernier ? J'aimerais mieux qu'on célèbre notre anniversaire tranquilles, en famille, juste nous trois pour une fois. Tu ne crois pas ?

— J'avoue que ça serait bien. Mais tu sais comme papa est fier de nous voir jouer saint Jean-Baptiste à la parade. Après tout ce qu'il fait pour nous, on n'est que redevables.

— Tu as sans doute raison, mais sauter une année ne tuerait personne. Parlant de papa, j'espère qu'il va mieux. Ce matin, il m'a dit qu'il ne se sentait pas très bien, qu'il était un peu enrhumé. Heureusement que c'est férié, il pourra en profiter pour se reposer, dit-il pour conclure en s'arrêtant brusquement devant une façade où une affiche avait attiré son attention. Ses yeux s'étaient agrandis dès qu'il avait aperçu Louis Cyr, son idole de toujours :

— Non! Ce n'est pas possible… Ce n'est pas possible, Stan, dis-moi que je rêve! C'est bien Louis Cyr? C'est sûrement l'homme le plus fort du monde! Je n'hallucine pas? S'il te plaît, lis-moi ce qui est écrit! demanda-t-il à son frère en respirant fortement tant il était excité; il fixait intensément, sur l'affiche, le dessin d'un homme corpulent et musclé arborant une énorme moustache.

La ville de Lowell vous invite à sa grande foire estivale. Cette année, nous avons le plaisir de vous accueillir à la compétition mondiale d'hommes forts où nous recevrons la troupe de Louis Cyr. Nous vous proposons également d'essayer nos nombreux manèges, d'assister à nos spectacles et de venir rencontrer les nombreuses célébrités du monde artistique qui ont pris la peine de se déplacer pour l'occasion. Nous vous attendons, du 21 au 24 juin, à midi, au South Common. Coût du billet : douze cents, annonçait l'affiche américaine traduite de vive voix par Stanislas.

— Mon Dieu! Il faut absolument qu'on y aille! Tu te rends compte? On pourrait voir l'homme le plus fort du monde de nos propres yeux! Peut-être que je vais pouvoir avoir son autographe ou lui serrer la main? Ou encore, lui dire qu'il est mon idole et que je veux faire tout mon possible pour lui ressembler? C'est si rare que cette ville pourrie prenne la peine d'organiser ce genre d'événements! Ça ne coûte que vingt-quatre cents, ça vaut la peine! Avec le vingt-cinq cents que tu as gagné ce matin, on a deux laissez-passer! Si tu n'as pas le goût de marcher jusqu'au sud de la ville, avec mon cinq cents, on pourra s'y rendre en tramway, si tu le désires! Allez, quoi! Dis oui, je t'en prie! Je ne tiens plus! précisa-t-il en giguant sur place.

— Ne t'emballe pas trop vite… Regarde, il y a une petite note en bas de l'affiche : *Interdit aux catholiques*. L'activité doit malheureusement être financée par les WASPS.

— Les WASPS?

— Les *White Anglo-Saxon Protestants*. Tu sais, ce sont les individus dont le curé Cadoret nous avait parlé, une fois. Ces gens détestent et méprisent les catholiques et privilégient sans cesse les Américains de souche. Nous ne

29

sommes pas les bienvenus là-bas, je suis désolé, Mathias, dit-il tristement.

— Et pourquoi mettre des affiches pour annoncer l'événement dans notre quartier si c'est pour nous en interdire l'accès? Simplement pour nous narguer, j'imagine! Louis Cyr est Canadien français! Nous partageons le même sang! Pourtant, ils ne le bannissent pas, lui? déclara Mathias, offusqué.

— Ils ne le bannissent pas parce qu'il leur rapporte de l'argent. Pour eux, il n'y a que ça qui compte. Si nous étions riches, tu peux être sûr qu'ils fermeraient les yeux sur notre religion, expliqua Stanislas.

— C'est pas juste. Pourquoi ils nous font ça? On ne leur fait pas de mal, dit Mathias, déçu, en bottant un caillou.

— Nous ne sommes pas les seuls dans cette situation. Pense aux Irlandais, aux Italiens et aux Polonais. Eux aussi, cette exclusion doit les peiner. Si ça peut te consoler, tu n'aurais pas pu y aller de toute façon puisque tu dois participer à la parade de la Saint-Jean-Baptiste et que c'est le dernier après-midi de cette foire. Qu'elle nous soit interdite ou pas ne change rien aux événements. Allez, rentrons chez nous, dit Stanislas en donnant des tapes dans le dos de son frère pour le réconforter.

Quelques minutes plus tard, les garçons arrivèrent enfin à leur domicile, sur Merrimack Street, une rue malpropre et boueuse, remplie d'ordures de toutes sortes. Comme tous les habitants du quartier, ils vivaient dans une maison d'ouvriers. C'étaient d'énormes bâtisses construites en bardeaux, de trois à cinq étages, pouvant loger de quinze à trente familles. La famille Demers ne comptait que trois membres, mais la plupart des familles avaient facilement de huit à quatorze enfants chacune; une maison ouvrière pouvait abriter plus de trois cent quatre-vingt-dix personnes à elle seule. Les locataires devaient donc partager un espace très restreint. Les systèmes d'égout et d'aqueduc étaient inadéquats, les logements puaient en permanence, les pièces étaient mal éclairées, malpropres et mal ventilées, et les cafards et les rats en avaient fait leur royaume. La plupart des ouvriers ne s'en plaignaient pas, puisqu'ils passaient plus de temps sur leur lieu de travail que chez eux. Ils se contentaient donc de ces taudis sans geindre, ce qui faisait bien l'affaire des propriétaires américains, qui n'auraient jamais investi un cent pour l'entretien ou la rénovation de ces logements. À cause de ces mauvaises conditions sanitaires, il n'était pas rare de voir les enfants du quartier victimes de diarrhées, de fièvre typhoïde ou du choléra. Le taux de mortalité infantile était donc très élevé.

Les jumeaux gravirent les escaliers grinçants, puis ouvrirent doucement la porte de leur logement pour ne pas réveiller leur père, s'il dormait. Lorsqu'ils pénétrèrent dans la cuisine, ils découvrirent une surprise : un copieux petit-déjeuner avait été préparé. Pâtisseries, charcuteries, fruits frais, fèves au lard et œufs constituaient le festin. Les deux garçons admiraient le repas, l'eau à la bouche. Ils se dépêchèrent de passer à table sans même se poser de questions et commencèrent à tout engloutir, oubliant de rendre grâce, tant ils étaient affamés.

— Je suis content que ça vous plaise autant, mes petits gourmands, dit une voix rocailleuse en riant.

— Papa ! Merci beaucoup ! dirent en chœur les jumeaux.

Ils coururent vers lui et le serrèrent dans leurs bras.

— Joyeux anniversaire ! Profitez-en bien ! dit-il en leur caressant la tête. Il se mit à tousser.

— Papa, ce n'est pas raisonnable ! Tu aurais dû rester au lit et te reposer au lieu de préparer tout ça pour nous, dit Stanislas, inquiet.

— Allons, Stanislas ! Ce n'est qu'une vilaine grippe ! Il en faut plus pour arrêter un vieux marin comme moi !

— Tout ça a dû te coûter une petite fortune ! s'exclama Mathias.

— On n'a pas douze ans tous les jours ! Ça n'a pas de prix de souligner cet événement. Vous savez, c'est à cet âge que j'ai pris le large pour la première fois. J'aurais tant aimé que vous en fassiez autant. Hélas ! le destin en a décidé autrement. Allez, ça ne sert à rien de regretter le passé ! Continuez de manger pendant que c'est encore tout chaud ! insista-t-il, alors que les garçons retournaient à table sans se faire prier.

Joseph les observait, les yeux rieurs, avec un sourire si chaleureux qu'il transparaissait sous l'hirsute barbe poivre et sel qui recouvrait la presque totalité de son visage. Pendant que

33

ses garçons mangeaient en discutant de tout et de rien, l'homme trapu alla chercher une vieille boîte à biscuits qu'il déposa sur la table.

— Qu'est-ce que c'est? demandèrent les jumeaux.

— Un coffret à souvenirs! Je l'ai retrouvé dans un tiroir de la commode. J'étais sûr que nous l'avions perdu lors de notre déménagement. Eh bien, non! il était là, simplement bien caché! Amusez-vous! dit-il, en retirant le couvercle poussiéreux de la boîte.

Les garçons se hâtèrent de fouiller à l'intérieur. Ils y découvrirent de vieux jouets et autres reliques de leur passé, mais aussi quelques photos en noir et blanc.

— T'as vu ça? C'est notre maison lorsque nous habitions la Gaspésie! déclara Mathias, enthousiaste, en regardant une à une les photos. J'en avais presque oublié les magnifiques pignons! Ils étaient rouges, si ma mémoire est bonne. Regarde celle-là, c'est une photo de nous sur la rive du fleuve Saint-Laurent. Oh! Mais c'est le rocher Percé sur celle-là! On pouvait l'observer de la fenêtre de notre chambre! On dirait un gros beignet! On aimait tellement s'y rendre à marée basse, tu t'en souviens, Stan?

— Bien sûr que je m'en souviens! Et toi, te souviens-tu comme on pouvait manger du poisson jusqu'à ce que le ventre nous éclate? C'était le bon temps! Oh! regarde celle-ci! C'est une photo de *La Sirène Bleue*! Qu'il était beau, notre bateau! J'ai tellement eu de peine quand papa l'a vendu, lança Stanislas, le cœur serré, se remémorant quantité de souvenirs.

— Moi aussi. Je crois que je n'avais jamais autant pleuré. Ce n'est pas juste! J'aurais préféré qu'on le garde. Pourquoi tu as dû faire ça, déjà? demanda Mathias à son père.

— C'était pour payer notre voyage jusqu'aux États-Unis. Je ne pouvais plus gagner ma vie comme pêcheur. Ça a été dur pour tout le monde, c'est vrai, mais si je n'avais pas fait ce choix déchirant, peut-être que nous ne serions pas là aujourd'hui, répondit leur père en réprimant à nouveau quelques toussotements.

— Oh! je ne peux pas croire que c'est toi sur cette photo! Ça fait si drôle de te voir sans barbe! enchaîna Stanislas en riant. Pour sa part, Mathias continua de farfouiller dans la boîte et y découvrit un harmonica. Jospeh le prit.

— Ciel! Mais c'est mon vieil harmonica! Ça fait une éternité que je n'en ai pas joué!

J'espère que je ne suis pas trop rouillé !

— Et ça, c'est quoi ? dit Stanislas en sortant un coquillage blanc en forme de spirale.

— Ça... C'est un cadeau que m'avait fait votre mère. D'ailleurs, ça doit être à la même époque où avait été prise la photo de moi qui vous a tant fait rire ! Vous ne vous en souvenez peut-être pas, mais lorsque je vous berçais, quand vous étiez plus jeunes, je portais souvent ce coquillage à votre oreille pour vous faire écouter la mer. J'avais l'impression que vous arriviez à comprendre ce que l'écho des vagues vous murmurait. Après tout, n'oubliez pas que votre mère était une sirène ! Il est donc logique que vous soyez les enfants des océans.

— Ah non ! tu ne vas pas recommencer avec cette histoire ! répliqua Mathias. Dis-nous la vérité ! Nous ne sommes plus des gamins ! Nous savons bien que les sirènes n'existent pas, sauf dans les contes stupides que lit Stanislas !

— Mais c'est la vérité ! Pourquoi je vous mentirais ? N'est-ce pas la plus belle créature qu'un marin puisse avoir la chance de croiser en mer ? Pourquoi pensez-vous que j'ai baptisé mon embarcation *La Sirène Bleue* ? N'importe quel mortel qui aurait entendu chanter votre mère affirmerait la même chose que moi.

Joseph souffla quelques notes à l'harmonica.

— C'est drôle, on dirait que je reconnais l'air, affirma Stanislas, en portant le coquillage à son oreille.

— C'est fort possible, votre mère vous le fredonnait souvent lorsque vous étiez encore dans son ventre, dit leur père, en interrompant sa mélodie.

Il y eut un moment de silence.

— Est-ce que maman te manque, papa? demanda Mathias.

— Pas du tout. Car je sais qu'elle vit en vous. Chaque fois que je vous regarde, j'ai l'impression qu'elle me sourit et chaque fois que vous riez, je l'entends chanter. Vous savez, le jour de votre naissance fut pour moi le plus beau et le plus triste jour de ma vie. Elle serait fière de ses fils, vous pouvez en être sûrs.

— Si maman était bel et bien une sirène, j'espère qu'elle n'empestait pas trop le poisson! dit Mathias.

— Une chose est sûre, Mathias, c'est que tes pieds ont hérité de son odeur lorsque tu enlèves tes chaussettes ! répliqua Stanislas pour se moquer.

Il n'en fallait pas plus pour que son frère commence à le tabasser.

— Oh toi, tu la fermes ! Tu ne sens pas la lavande non plus !

— Allons, les enfants, profitez plutôt de cette journée au lieu de vous chamailler. Un si bel après-midi nous attend ! fit Joseph pour changer de sujet, tout de même amusé par l'espièglerie de ses fils.

Chapitre II

Cétacia

Après avoir dévoré leur somptueux repas avec appétit, les jumeaux décidèrent de faire une petite partie de cartes, histoire de digérer. Ayant ressenti un coup de fatigue en fin d'avant-midi, leur père était retourné au lit pour une petite sieste; il en profita pour se reposer pendant que les garçons s'amusaient.

— Ha! ha! pas de veine, mon petit Stan! Je viens de piger la reine de cœur! Tu as perdu! C'est qui le meilleur? C'est qui? C'est l'invincible Mathias, bien sûr! dit le gagnant tout joyeux, en dévoilant son jeu sur la table pour prouver qu'il avait bel et bien remporté la partie.

— Ça ne prouve rien du tout! Les jeux de cartes reposent sur le hasard et non l'adresse, affirma Stanislas en faisant la moue.

— Et voilà qu'il me lance le discours classique du perdant. Allons, un peu d'humilité.

Comme je suis un gars généreux, j'ai quand même un prix de consolation pour toi, avoua Mathias en lui souriant.

— Ah oui ? Quoi donc ?

— Des heures et des heures de plaisir ! lança Mathias en jetant le paquet de cartes dans les airs.

— Mathias ! Tu vas me le payer ! dit Stanislas, découragé, en regardant la pluie de cartes tomber.

— Tu veux te venger ? Eh bien, tu n'as qu'à me battre la prochaine fois, bien que je doute que tu y arrives un jour. Pour l'instant, contente-toi de ramasser ! dit Mathias en riant, alors que Stanislas s'accroupissait, à la recherche des cartes éparpillées.

Il en profita pour mettre, autour de son cou, un foulard bleu qui appartenait à son père du temps qu'il était encore pêcheur. Il adorait le porter depuis qu'il était tout petit, même lorsqu'il faisait très chaud. Puis, il enfila son vieux veston brun tout rapiécé et se dirigea en catimini vers la sortie en espérant que son frère, trop occupé à ramasser les cartes, ignorerait sa manœuvre.

Il avait une idée fixe et personne n'aurait pu le convaincre d'y renoncer. Il avait décidé que cette année, il ne participerait pas à la parade de la Saint-Jean-Baptiste. Il voulait absolument, et par tous les moyens possibles, se rendre à la foire où son idole, Louis Cyr, allait donner une représentation. Il s'arrêta devant l'affiche annonçant l'événement et admira l'homme fort avec autant d'émerveillement que la première fois.

Non, mais ces anticatholiques croient vraiment qu'ils vont m'empêcher de voir Louis Cyr? Ils se mettent le doigt dans l'œil, foi de Mathias Demers! Je suis trop près de mon rêve pour abandonner aussi facilement! Puis, le Petit Canada peut bien se passer de Saint-Jean-Baptiste une fois dans sa vie! De toute façon, je suis sûr que Stan, comme je le connais, va accepter de prendre ma place. Pauvre Stanislas... Qu'il est naïf... Je peux lui faire avaler ce que je veux. Ça fait trois jours de suite que je gagne au jeu de cartes avec le même stratagème et il n'y voit chaque fois que du feu. Il tâtait les doubles de cartes à jouer qu'il avait dissimulés dans ses poches.

— Tiens, tiens! Si ce n'est pas l'un des frères Demers! Ton taré de double n'est pas avec toi aujourd'hui? Ça ne doit pas être marrant tous les jours de devoir partager un cerveau à deux, déjà qu'il ne doit pas être très gros! claironna la voix gouailleuse d'un garçon.

— Tiens, tiens! Si ce n'est pas le gros *Fat* O'Donnell! Ça ne doit pas être marrant tous les jours pour tes os de devoir supporter toute cette graisse, se contenta de répliquer Mathias, sachant très bien à qui il avait affaire.

Le garçon avait d'épais cheveux roux, des yeux marron et le visage parsemé de taches de rousseur, lorsqu'il n'était pas taché de suie. Bien qu'il n'eût qu'une ou deux années de plus que Mathias, il était beaucoup plus grand et plus costaud que lui, et un peu plus enrobé que la moyenne des garçons de son âge.

— C'est *Pat* O'Donnell, pauvre microbe! Retiens ça! *Pat*! Ou je te fais avaler tes dents! grogna-t-il en serrant de toutes ses forces le large balai-brosse qu'il utilisait pour nettoyer les cheminées.

— Tu ne devrais pas être aussi agressif à mon égard. Je m'inquiète énormément pour toi, tu sais. Je me dis parfois que ramoneur n'est peut-être pas un métier qui convient à ta corpulence. Tu n'as pas peur de rester coincé dans une cheminée un de ces jours ?

— La ferme ! Maudits *frogs*… Je vous déteste tant ! Si vous n'existiez pas, on se sentirait mieux ! maugréa l'autre entre ses dents.

Les jumeaux connaissaient Pat depuis quelques années déjà. Ce dernier, sans aucun motif, s'était mis dans la tête de harceler et de provoquer les garçons chaque fois qu'il les croisait. Alors que Stanislas, pacifique, l'ignorait pour éviter toute forme de confrontation, Mathias en avait fait son rival. À chacune de leurs rencontres, il s'en donnait à cœur joie en l'insultant, en se battant contre lui ou en lui proposant divers défis pour lui prouver qu'il était le plus fort et, surtout, le meilleur.

Pat O'Donnell était d'origine irlandaise et, comme tous les Irlandais de Lowell, il éprouvait une haine atavique envers les Canadiens français — les *frogs* — comme on les surnommait. Le quartier irlandais n'était situé qu'à quelques minutes du Petit Canada, où vivaient également des ouvriers catholiques pauvres à la solde des grands patrons américains. Les Irlandais accusaient les Canadiens français de voler leurs emplois, car ceux-ci jouissaient d'une meilleure réputation auprès des employeurs. De plus, avec les années, ils étaient arrivés à former une masse critique beaucoup plus importante que les Irlandais, ce qui leur permettait d'empiéter sur leur espace et leurs commerces, et même de s'approprier leurs églises et leurs biens.

— Que veux-tu, reprit Mathias pour asticoter l'autre, ce n'est pas donné à tout le monde d'avoir la chance de faire partie du même peuple que l'homme le plus fort du monde et encore moins d'avoir la chance de le croiser aujourd'hui.

— Ne me dis pas, demi-portion, que tu vas aller à la foire ? Les catholiques y sont interdits ! Si on découvre qui tu es, tu es cuit ! le prévint Pat, qui mourait d'envie d'y aller aussi, puisqu'il était également un amateur de compétitions d'hommes forts.

— Non, mais quel poltron ! Il faut savoir oser dans la vie ! lâcha Mathias sur un ton crâneur. C'est pourquoi tu es condamné à ramoner des cheminées toute ta vie, alors que moi, je serai un jour célèbre et admiré partout dans le monde pour ma force et mes exploits !

— Dans tes rêves ! Il faudra d'abord que tu aies des muscles, paquet d'os ! grogna l'autre avant de tenter de lui donner un coup de balai-brosse, que Mathias réussit à esquiver. Le jumeau riposta en assénant un coup de poing dans le ventre de l'Irlandais, puis il prit la poudre d'escampette, dispersant par la même occasion les cartes à jouer qu'il gardait au creux de son veston.

— Le ventre, c'est le point faible des gros, c'est ce qu'on dit, non? dit-il en ricanant et en se dirigeant vers le *South Common*. Désolé, mais je n'ai pas le temps de m'amuser aujourd'hui, *Fat*! Y a une foire qui m'attend! T'inquiète pas, je vais tout te raconter! À la prochaine!

— Tu ne perds rien pour attendre, promit l'autre en se tenant le ventre.

Stanislas venait de ramasser toutes les cartes. Il les compta pour être sûr qu'il y en avait cinquante-deux, puis il les rangea dans leur boîte avant de la placer dans le tiroir de la commode.

— Alors, Mathias, es-tu prêt pour la parade? J'ai hâte de te voir dans ton costume! demanda Joseph en sortant de sa chambre, enthousiaste. Il cherchait le garçon des yeux :

— Stanislas, sais-tu où es… fit-il, en proie à une quinte de toux.

— Aucune idée. Il a dû sortir prendre un peu l'air avant la célébration. Mais, papa, es-tu sûr d'être assez en forme pour assister à la parade ? Tu n'as presque rien avalé au déjeuner et ton visage est tout rouge.

— Allons, je t'ai dit que ce n'est rien. Dans deux jours, on n'en parlera même plus. Je n'ai jamais raté une seule de vos parades, ce n'est pas aujourd'hui que ça changera.

— Je peux partir à la recherche de Mathias si tu as peur que nous soyons en retard, proposa Stanislas.

— Très bonne idée. Tu connais ton frère, il peut très bien avoir oublié qu'il était la vedette du jour !

— Il n'a pas oublié, papa ! Je crains plutôt autre chose. C'est trop louche qu'il soit parti comme ça, sans rien dire. Je vais aller voir ! dit Stanislas, en retirant ses vêtements du dimanche pour enfiler sa chemise préférée. Il mit ensuite son pantalon, étira jusqu'à ses épaules les deux bretelles qui se croisaient dans le dos, puis il sortit, à la recherche de son frère.

Il marcha dans les recoins et les ruelles du quartier en appelant Mathias. Sa crainte fut confirmée lorsqu'il aperçut des cartes à jouer au pied de l'affiche annonçant la foire. Après les avoir ramassées, il constata que leur recto correspondait exactement à celui du paquet de cartes qu'il possédait chez eux.

Mathias ! Égoïste, tricheur et menteur ! C'est comme ça que tu gagnais ! Compte sur moi, je ne te laisserai pas aller à cette foire ! fulmina-t-il intérieurement, outré de découvrir que non seulement il se faisait berner depuis le début, mais qu'en plus, son frère comptait renoncer à son devoir.

Il partit en courant vers *South Common*, où devait avoir lieu la foire. Sur le chemin, il entendit des organisateurs de la parade de la Saint-Jean-Baptise discuter entre eux. Ils semblaient inquiets que leur « saint Jean-Baptiste » ne soit pas encore arrivé, ce qui redoubla la colère de Stanislas.

Une fois arrivé au parc, le jeune garçon se faufila dans la foule qui faisait la queue devant l'entrée. À en juger par leur habillement, la plupart de ces familles faisaient partie de la bourgeoisie américaine, venue de Boston spécialement pour l'occasion. On y voyait des femmes portant de larges chapeaux pour se protéger du soleil, des hommes endimanchés, mais surtout une cinquantaine d'enfants gâtés qui se plaignaient sans cesse de la chaleur ou du temps d'attente. Stanislas chercha son frère et l'aperçut enfin : il s'apprêtait à dérober subtilement le billet d'une fillette qui ne se doutait de rien. Stanislas le tira par le col de son veston.

— En plus de tous tes défauts, je dois ajouter que tu es un voleur ?

— Du calme ! Je lui aurais remboursé ! répondit Mathias pour se défendre, tandis que Stanislas tirait sur le veston de son jumeau jusqu'à l'étouffer.

— Tu te moques de moi ? Tu ne la connais même pas ! Maintenant, viens avec moi, on retourne à la maison immédiatement ! La parade va bientôt commencer, il faut te costumer. Tu n'as rien à faire ici !

Mathias le repoussa pour qu'il lâche prise.

— Va le faire, toi, le saint Jean-Baptiste, si ça te plaît autant ! Tu ne me feras pas changer d'avis ! Louis Cyr risque bientôt d'entamer une tournée en Europe. Peut-être que je n'aurai plus jamais l'occasion de le voir ! Tu ne comprends pas ce que cet homme représente pour moi ! dit-il si fort que des curieux se retournèrent pour regarder les deux frères se chamailler.

— C'est toi qui as été désigné pour jouer saint Jean-Baptiste cette année ! Tu dois respecter tes engagements ! Et combien de fois dois-je te répéter que nous n'avons pas le droit d'être ici ? Nous sommes catholiques, l'as-tu oublié ? Bon sang, Mathias, il me semble que ce n'est pas compliqué à comprendre !

— Ce n'est pas écrit sur nos fronts ! Ils ne s'en douteront jamais ! Je sais, par contre, comment te faire changer d'idée. Tu ne sauras jamais ce que j'ai entendu dans la foule. Tu savais que la foire avait invité des écrivains ? Eh bien, imagine-toi qu'ils ont même pris la peine d'inviter Jules Verne ; il viendra donner une conférence !

— Jules Verne ? Ici ? Dans une petite ville comme Lowell ? Nous parlons bien du célèbre auteur de *Vingt mille lieues sous les mers, Le tour du monde en quatre-vingts jours* et *L'île mystérieuse* ? Tu es sûr que tu ne te trompes pas d'auteur ? dit Stanislas, éberlué. Il avait emprunté ces romans une bonne dizaine de fois à la bibliothèque, tant il les adorait.

— Je te le jure sur la tête de notre père ! Pourquoi crois-tu qu'il y a autant de monde ici ? Il paraît qu'il est venu en voyage d'affaires à Boston et que les organisateurs de la foire ont réussi à le convaincre à la dernière minute de faire un petit détour par Lowell. Ce n'est pas fantastique ? Toi qui n'arrêtes pas de me casser les oreilles avec les histoires ennuyantes de cet auteur ! Pendant que je regarde mon spectacle d'hommes forts, tu pourrais assister à sa conférence ! Qu'en penses-tu ?

— Je ne sais pas… Ce n'est pas une bonne idée…

— Allez ! Je vois que tu en meurs d'envie ! C'est ton anniversaire à toi aussi. Il faut te gâter ! ajouta Mathias, insistant, voyant que son frère était sur le point de craquer.

Stanislas abdiqua :

— Bon, d'accord. Il sortit sa pièce de vingt-cinq cents. Mais pas trop longtemps, compris ? ajouta-t-il.

— Promis ! Ah, je savais que je pouvais compter sur toi ! Tu es vraiment le meilleur ! s'écria Mathias, tout excité.

Les garçons se placèrent au bout de la file d'attente. Comme Mathias l'avait prédit, personne ne se souciait de savoir s'ils étaient catholiques ou non. Une fois dans le parc, les jumeaux furent ravis tant l'atmosphère était joviale. Il y avait des carrousels, des forains qui ne cessaient d'interpeller les passants pour qu'ils essayent leurs jeux, des marchands de crème glacée, des musiciens, des jongleurs, des spectacles de chiens savants, et des clowns maladroits qui faisaient des grimaces aux enfants.

— Bon, eh bien, c'est ici qu'on se sépare, mon petit Stan ! décréta Mathias en se tournant vers le chapiteau. Pour rien au monde je ne voudrais rater mon spectacle !

— Hé ! attends ! Je ne sais même pas où Jules Verne doit donner sa conférence !

— Ah oui, Je me suis un peu trompé ! Je voulais plutôt dire qu'il était venu donner une conférence. C'était il y a deux jours, le 22 juin, je crois. Je suis vraiment trop bête, désolé ! C'était à toi d'être plus à l'affût de l'actualité, après tout, lâcha Mathias en détalant, content d'avoir à nouveau dupé son frère.

— Mathias, tu as fait exprès de me tromper ! cria Stanislas en serrant les poings.

Après quelques minutes, il se calma et décida de profiter de la foire jusqu'au retour de son frère. De toute façon, au point où il en était, cela ne servait à rien de bouder.

Il observa donc les diverses attractions offertes jusqu'à ce qu'il atteigne le *Bookworm's Corner*, un coin de la foire où certains écrivains, profitant de l'affluence qu'attire ce genre d'événement, tentaient de promouvoir leurs écrits. Ils n'étaient d'ailleurs pas les seuls : des peintres, des potiers et des sculpteurs en faisaient autant. La plupart d'entre eux n'étaient que d'illustres inconnus ou des auteurs amateurs ; la ville de Lowell n'aurait jamais eu les moyens d'inviter de grands noms comme Mark Twain, Lewis Carroll ou Henry Wadsworth Longfellow, au grand dépit de Stanislas.

Soudain, son cœur se mit à battre la chamade lorsqu'il aperçut, à l'un des kiosques, un vieil homme en habit noir, de grande taille, arborant une barbe argentée, presque rectangulaire tant elle était bien taillée et entretenue. Il empaquetait ses affaires, les mettant soigneusement dans sa mallette, d'un air plutôt bourru. Pour Stanislas, ça ne faisait aucun doute : il était en face de Jules Verne. Il se rappelait très bien avoir vu une gravure de son portrait dans l'un de ses romans; il s'agissait bien de cet homme. S'il était véritablement venu deux jours auparavant, comme Mathias l'avait prétendu, peut-être avait-il décidé de prolonger son séjour. Les mains moites, Stanislas rassembla tout son courage et décida d'adresser la parole à son auteur préféré.

— Pardon, monsieur, dit-il timidement.

— Que me veux-tu, gamin? Tu ne vois pas que tu me déranges? Je m'apprête à partir, répondit sèchement l'homme en continuant de classer sa paperasse et ses bouquins. Ses yeux bleu-gris aux paupières tombantes trahissaient sa fatigue, rappelant à Stanislas le regard qu'avait son père lorsqu'il revenait du travail.

— Vous êtes bien Jules Verne?

— Jules Verne? Et quoi encore! Saint Nicolas, peut-être? Écoute, je n'écris pas pour les morveux. Les thèmes complexes abordés dans mes bouquins ne t'intéresseront sans doute pas, alors fiche le camp et va plutôt t'amuser avec tes petits camarades.

Stanislas était blessé; il savait plus que n'importe qui combien il était insultant d'être confondu avec un d'autre, mais son erreur ne méritait pas une telle rudesse de la part de cet homme.

— Je suis vraiment désolé, monsieur, mais mon frère m'a dit que Jules Verne était venu donner une conférence, il y a deux jours, et lorsque je vous ai vu, je trouvais plausible que vous soyez…

— Tu es vraiment naïf, mon garçon! Tu crois vraiment qu'un grand écrivain comme Jules Verne serait venu perdre son temps dans le festival local d'une petite ville ouvrière qui a sans doute un taux d'analphabétisme aberrant? Il ne faut pas rêver! Cette ville pauvre et sale ne peut inviter que des auteurs ratés dans mon genre, tellement mauvais qu'ils ne seront jamais publiés par les grandes maisons d'édition du pays! La honte! Et ce qui m'enrage le plus, c'est de voir des jeunes — comme ce prétentieux de Verne qui a dix ans de moins que moi — avoir du succès, alors que je n'arrive même pas à vendre mille exemplaires de mes œuvres! Lorsque j'ai troqué ma vie de marin pour celle d'écrivain, jamais je n'aurais cru qu'il allait être aussi ardu de percer dans le milieu littéraire.

— Il ne faut pas dire ça, monsieur. Plusieurs artistes n'ont connu la célébrité qu'après leur mort, vous savez. Pourriez-vous me dire votre nom? Peut-être que j'ai déjà lu l'un de vos ouvrages, qui sait. Je lis beaucoup.

— Melville, Herman Melville. Mais ça m'étonnerait beaucoup que tu me connaisses. Tu dois être encore à lire *Le Petit Chaperon rouge* ou *Blanche-Neige*.

— Herman Melville? Vous êtes l'auteur de *Moby Dick*, pas vrai? J'ai déjà emprunté ce livre, par hasard, à la bibliothèque. Que ce soient vos références à la Bible, l'analogie que vous faites entre la chasse à la baleine et la quête de la connaissance, votre théorie sur l'intelligence des cétacés ou vos réflexions sur la petitesse de l'homme en regard des forces de la nature, j'ai tout lu avec grand intérêt. On voit que vous connaissez votre sujet sur le bout des doigts! Je suis convaincu que ce roman deviendra un classique! Il faut simplement laisser le temps aux gens de l'apprivoiser, ce que le capitaine Achab, de votre histoire, n'a jamais réussi à faire avec cette baleine blanche.

C'était au tour d'Herman Melville d'être sous le choc. Comment un gamin d'une douzaine d'années pouvait-il s'intéresser à son roman comme personne auparavant? Considérant l'habillement de son interlocuteur, il se doutait bien qu'il n'avait pas affaire à un garçon bien nanti qui aurait reçu une éducation classique. Voyant qu'il était loin de s'adresser à un idiot comme il le croyait au début, il décida d'en apprendre un peu plus sur lui.

— Si tu savais les critiques négatives que j'ai eues à propos de cet ouvrage! Tu es bien le seul à l'avoir apprécié et à avoir compris toute sa profondeur et son symbolisme. Comment t'appelles-tu, mon garçon? demanda-t-il d'un ton beaucoup plus amical.

— Stanislas Demers. C'est un honneur de faire votre connaissance, monsieur Melville, dit-il en lui serrant la main.

— Demers? C'est un nom canadien-français, si je ne m'abuse? Cela m'étonne de voir une telle lucidité chez un Canadien français, qui plus est, si jeune! Tu sais, j'ai eu souvent l'occasion de me rendre au Québec lorsque j'étais matelot sur un baleinier. Je connais bien le fleuve Saint-Laurent, l'âme de votre pays. De quelle région du Québec es-tu originaire, Stanislas?

— De la Gaspésie. J'habitais un petit village de pêcheurs appelé Percé, avant d'emménager ici avec mon père et mon frère.

— Ah! Percé et son gigantesque rocher! Je me souviens d'y avoir séjourné, alors que ce rocher avait encore deux trous! Tu vois que ça ne date pas d'hier! Du sang de marin coule donc dans tes veines, toi aussi. Pour avoir su lire entre les lignes de *Moby Dick*, tu es sans doute l'un des rares à pouvoir écouter et comprendre l'incroyable découverte que j'ai faite, il y a une quarantaine d'années, durant l'un de mes voyages. Depuis le temps que je cherche une oreille attentive… Si ça t'intéresse, bien sûr.

Stanislas hocha la tête avec vigueur. L'écrivain l'invita d'un geste à s'asseoir sur un tabouret.

— Dis-moi, Stanislas, quelle est la perception que tu as des cétacés?

— Eh bien, la plupart des gens croient qu'il s'agit de gros poissons, mais en réalité, ces mammifères possèdent des poumons et respirent le même air que nous. C'est pourquoi ils doivent remonter régulièrement à la surface pour prendre de l'oxygène, s'ils ne veulent pas mourir.

— Ne t'es-tu jamais demandé pourquoi Dieu aurait ainsi incommodé l'une de ses créatures? Pourquoi les aurait-il condamnées à dépendre de la surface des eaux, alors que les océans sont si vastes?

— J'ai déjà lu que les cétacés auraient, il y a très longtemps déjà, vécu sur la terre ferme et qu'ils auraient gardé ce lointain vestige de leur vie passée. C'est ce que plusieurs scientifiques affirment, en tout cas.

— Les cétacés ont effectivement déjà vécu sur la terre ferme durant une période; mais vois-tu, Stanislas, c'était pour nous aider à développer notre civilisation. Sans eux, l'humanité ne serait sans doute pas ce qu'elle est aujourd'hui. Les yeux de l'écrivain étincelaient. Les critiques m'ont reproché d'avoir donné à ma baleine, dans *Moby Dick*, une conscience et une intelligence trop humaine. S'ils le croient, c'est que les cétacés ont réussi à berner les hommes, comme ils l'espéraient, pour que nous ne découvrions pas leur secret. Ils passent, à nos yeux, pour de vulgaires animaux, mais certains de leurs gestes trahissent leur comédie.

Stanislas le regardait, stupéfait :

— Que voulez-vous dire?

— Combien de leurs semblables ont été harponnés? Combien ont servi à fabriquer de l'huile afin de nous protéger des froids de janvier? Combien ont servi comme bêtes de cirque? Les cétacés sont les plus grandes et les plus puissantes créatures de la planète. Ils n'auraient aucun mal à nous attaquer et à détruire nos embarcations d'un simple coup de nageoire. Pourtant, ils font comme si de rien n'était… Et tu sais pourquoi? Parce que les cétacés ont fait un pacte avec Dieu, il y a des milliers d'années, et ce pacte les empêche de nous faire du mal. Pourquoi les dauphins sauvent-ils les gens de la noyade? Pourquoi les épaulards nous défendent-ils contre les requins? Les marsouins aident les pêcheurs en poussant les poissons dans leurs filets et les baleines à bosse sautent hors de l'eau pour guider les marins perdus. Pourquoi tiennent-ils autant à être les alliés des hommes, malgré tout le mal que nous leur faisons? Eh bien, c'est à cause de ce pacte qui perdure depuis maintenant plus de vingt mille ans.

— Un pacte? Mais qui vous a raconté cela? Ce n'est pas que je ne vous crois pas, mais on dirait l'intrigue d'un roman de science-fiction de Jules Verne, justement. Vous comptez vous diriger vers le roman scientifique vous aussi?

Herman ouvrit sa mallette et en sortit un journal de bord noir aux pages jaunies.

— En 1841, alors que je n'avais que vingt-deux ans, je me suis embarqué sur un baleinier, en route vers l'Australie. D'aussi loin que je me souvienne, j'ai toujours eu un caractère bien trempé qui ne plaisait pas nécessairement à tous. Après dix-huit mois de croisière, j'ai eu un violent différend avec le capitaine. Ne pouvant supporter davantage son autorité, j'ai déserté l'équipage lorsque nous avons fait escale sur une petite île polynésienne. J'y ai fait connaissance avec un peuple indigène pacifique, les Taïpis, qui m'ont accueilli à bras ouverts, comme si j'étais l'un des leurs. C'est d'eux que j'ai appris l'existence de Cétacia, le royaume des cétacés. J'ai noté tout ce que l'on me racontait dans ce journal.

Melville tendit le carnet à Stanislas, qui le prit d'une main un peu hésitante. Il se mit à le feuilleter. Il y avait beaucoup de textes dans ce journal, mais également des croquis qu'avait pris la peine de dessiner Melville. Tout était détaillé avec tant de précision que le scepticisme de Stanislas commença à s'effacer. Il y vit, entre autres, une magnifique ville qui lui rappela la Grèce antique, avec ses bâtiments à colonnes et ses temples. En feuilletant davantage le carnet, le jumeau vit les dessins de créatures nues, à la forme humanoïde et androgyne, très grandes et très sveltes. Le seul moyen de reconnaître le sexe de ces êtres était leur poitrine. Leurs orteils et leurs doigts étaient palmés. Ils n'avaient pas d'oreilles et possédaient tous de larges yeux noirs. Ils avaient une chevelure qui leur donnait un semblant d'humanité.

— Qui sont ces gens ? demanda Stanislas, impressionné.

— C'est la véritable apparence des cétacés, telle que décrite par les Taïpis. Celle qu'ils nous cachent.

— Vous croyez donc que…

— Oui, les cétacés seraient des géants qui auraient développé une civilisation parallèle à la nôtre, sous les océans. À cause d'une guerre qu'ils auraient déclenchée contre les premiers humains, ils auraient été punis par Dieu. Celui-ci aurait métamorphosé leurs branchies en poumons, tout en les gardant dépendants de l'eau. Coincés entre deux mondes, les cétacés ne purent ainsi ni intégrer le monde terrestre ni retourner vivre à Cétacia, au fin fond des océans, sans risquer de manquer d'oxygène, ce qui les laisse errer éternellement près de la surface des eaux. Dieu, dans sa bonté infinie, leur donna tout de même une chance de se repentir : si, pendant vingt mille ans, ils vivaient en bon terme avec les hommes, il retransformerait leurs poumons en branchies pour leur permettre de regagner leur royaume. Bien que les cétacés aient respecté ce pacte pendant toutes ces années, il manquait une autre preuve ultime de leur bonne foi. La Grande Baleine Bleue, reine du peuple des cétacés, aurait été chargée par Dieu de donner naissance à un Messie. Un enfant mi-humain, mi-cétacé, symbole éternel d'harmonie, de fraternité et de paix entre nos deux mondes. Cet enfant serait celui qui délivrerait les cétacés de leurs souffrances et les guiderait vers leur Éden, où il deviendrait le nouveau souverain. Pour réaliser cette prophétie, les cétacés transférèrent l'âme de la Grande Baleine Bleue dans le corps d'une humaine qui s'était noyée, afin de l'envoyer à la recherche d'un homme qui devrait sincèrement l'aimer. Hélas, on raconte que les cétacés auraient perdu la trace de leur reine et que leurs espoirs se seraient, dès lors, évanouis avec sa disparition.

Stanislas écoutait de toutes ses oreilles, mais il entendit soudain une voix lointaine et familière.

— Lâche-moi, gros lard! Tu m'as fait honte devant mon idole! Je ne te le pardonnerai jamais! J'étais à deux doigts de lui serrer la main! Je te déteste!

— Mathias!

Stanislas se leva d'un bond et partit en courant, sans même un regard d'excuse à l'écrivain.

— Hé! où vas-tu comme ça? N'oublie pas de me rapporter mon journal! lui cria celui-ci, mais Stanislas était déjà trop loin.

Après quelques pas de course, il aperçut un homme assez costaud qui tenait Mathias, tandis que celui-ci se débattait violemment. Avant qu'il ait le temps de réaliser quoi que ce soit, Stanislas sentit une main lui agripper l'épaule.

— C'est bon, Harry! J'ai trouvé l'autre fauteur de trouble! dit celui qui tenait Mathias.

Ils les traînèrent vers la sortie, tout en disant, à tour de rôle, d'un ton goguenard :

— Alors, les petits curieux… Vous ne savez pas lire ? Ou ça vous fait plaisir de défier le règlement ?

— Vous n'aviez qu'à vous convertir… Et à devenir de bons petits protestants… Citoyens américains, si cette foire vous plaisait tant…

— Comment vous avez fait pour deviner que nous ne sommes pas protestants ? demanda Stanislas en essayant de gagner du temps.

— Un bon petit Irlandais a eu la gentillesse de nous prévenir. Nous l'avons récompensé en lui permettant exceptionnellement d'assister à la représentation de son choix, en espérant que cela incite d'autres catholiques à dénoncer leurs pairs un peu plus rebelles.

— Ça doit être un coup de *Fat* ! grogna Mathias. Il va me le payer, celui-là ! Je n'aurais jamais dû lui dire que j'avais l'intention de venir ici ! J'ai été trop bête !

— Mais, monsieur, dit poliment Stanislas, nous avons payé nos billets comme tout le monde ! Pourquoi nous mettre à la porte ?

— Vous commencez à être beaucoup trop nombreux dans ce pays ! Vous l'infestez comme des rats ! Si nous ne faisons rien, vous allez nous envahir !

Les deux hommes raccompagnèrent les jumeaux à la sortie du parc et leur ordonnèrent de ne plus y remettre les pieds, car sinon, ils en informeraient les autorités.

— Sales WASPS ! Je vous déteste ! Vous n'êtes que des porcs ! cria Mathias.

Stanislas resta silencieux et pensif. Il s'était aperçu qu'il avait gardé le journal d'Herman Melville. Comme il était banni de la foire, il se demanda comment il pourrait le lui retourner. Mais il n'en avait pas réellement envie ; la découverte que lui avait dévoilée l'ancien marin avait profondément éveillé sa curiosité. Il voulait en apprendre davantage sur Cétacia, ce royaume endormi au fin fond des océans, et qui n'attendait qu'à renaître.

Chapitre III

Une lettre écrite
par une sirène

— Toi, on peut dire que tu as toujours le don de me remonter le moral ! Des baleines qui vivent comme des hommes. Désolé, mais j'ai beaucoup de difficulté à imaginer un marsouin faisant des emplettes ou un cachalot faisant des pâtisseries ! Comment arriveraient-ils à faire tout ça avec leurs nageoires, dis-moi ? s'exclama Mathias, le souffle court tant il riait, ce qui insulta fortement Stanislas.

Pour lui changer les idées, tout en se dirigeant tranquillement vers leur quartier, Stanislas avait décidé de lui raconter ce que l'écrivain lui avait confié. De toute évidence, Mathias n'était pas aussi prêt que lui à le croire.

— Tu n'as rien écouté de ce que je t'ai dit ! Ce sont des géants qui ont des corps humanoïdes comme toi et moi. Regarde, exactement comme ça, déclara Stanislas, insurgé, en montrant les croquis d'Herman Melville à son frère.

— Pourquoi es-tu si naïf? Je t'aurais raconté ces mêmes histoires et tu aurais été le premier à me traiter d'imbécile.

— Parce que ce récit vient d'un homme de la haute société et non d'un ivrogne voulant se rendre intéressant, ou de mon frère qui ment comme il respire. Monsieur Melville a sans doute mieux à faire que de raconter des salades! Et puis, ses propos sont plutôt logiques. Admets que c'est étrange que les cétacés soient les seules créatures marines à posséder des poumons. Ils doivent constamment retourner à la surface pour respirer. Tu trouverais ça commode, toi, si tu devais plonger ta tête dans un seau d'eau toutes les quinze minutes pour être en mesure de respirer? Aucun homme n'a jamais pu explorer les profondeurs de la mer. Qui sait si Cétacia ne s'y trouverait pas? Rien ne nous prouve le contraire, jusqu'à maintenant.

— Et cette histoire de Grande Baleine Bleue qui doit donner naissance à un Messie, comment l'expliques-tu? Je m'excuse, mais je croyais plutôt entendre le vieux Cadoret nous faire le catéchisme. Ce Messie est censé naître dans une étable sous-marine, entre une morue et un saumon au lieu d'un bœuf et d'un âne, je suppose?

Mathias ne put s'empêcher de rire à nouveau.

— Tu es vraiment pitoyable, il faut toujours que tu me ridiculises.

— Allons, Stan, ne le prends pas comme ça. Allez, continue de me lire ce journal. Ça pourrait devenir intéressant!

Même s'il savait que son frère voulait sans doute en profiter pour se moquer davantage de lui, Stanislas se plia à sa demande, car il en avait de toute façon très envie :

17 avril 1841

Les Taïpis sont sans doute la peuplade autochtone la plus incroyable qu'il m'ait été permis de rencontrer au cours de mes voyages. S'ils ne disposent, pour la chasse et l'agriculture, que d'outils primitifs et rudimentaires, ils possèdent néanmoins un savoir équivalent à celui des plus grands savants de notre siècle. Comment un peuple isolé sur son île a-t-il pu apprendre par lui-même ce que notre civilisation a mis des centaines d'années à découvrir ?

Les Taïpis savent depuis longtemps que la Terre est ronde, que le Soleil tourne autour de celle-ci, qu'il y a trois cent soixante-cinq jours dans une année et que l'homme descend du singe. Après avoir entendu ces grandes vérités de leur bouche, comment ne pas être tenté de les croire lorsqu'ils m'ont fait part de l'existence de Cétacia et de la vraie nature des cétacés?

Les Taïpis racontent qu'il y a des milliards d'années, la vie apparut au sein des mers. Certaines créatures audacieuses s'aventurèrent sur la terre ferme et commencèrent à la peupler. Par sagesse, les autres décidèrent de demeurer sous l'eau. C'est ainsi que les êtres vivants se séparèrent en deux clans bien définis : ceux qui possèdent des branchies et ceux qui possèdent des poumons. Mais les créatures à poumons n'avaient pas pris en considération les dangers que le monde terrestre pouvait représenter. Elles durent subir de terribles cataclysmes : des volcans colériques, des étoiles tombées du ciel, de grands froids meurtriers qui n'épargnaient chaque fois que quelques rares survivants. Ainsi prirent-ils sans cesse du retard dans leur développement. Les créatures à branchies, quant à elles, protégées de toutes ces catastrophes, purent tran-

quillement évoluer sans que rien ne puisse entraver leur développement.

C'est ainsi qu'apparurent les cétacés. Ils étaient la première espèce dotée d'un langage, d'une conscience et d'une intelligence ; ils usèrent de ces dons pour créer une civilisation qu'ils nommèrent Cétacia. Blotti au fin fond des océans, là où même les rayons du soleil n'arrivaient pas à pénétrer, le royaume de Cétacia couvrait les fonds marins de la planète entière. Cet empire réussit à atteindre des niveaux technologiques encore inégalés aujourd'hui, allant jusqu'à leur permettre d'utiliser l'énergie du noyau terrestre pour faire fonctionner leurs machines. Les cétacés avaient un rythme de vie semblable à celui que les hommes connaissent. Les poissons étaient leurs oiseaux, nageant au-dessus de leurs terres, et les paysans avaient domestiqué les raies et les requins, comme l'homme le fit plus tard avec les chevaux et les bœufs.

Un jour, les cétacés découvrirent quelque chose d'incroyable : les créatures à poumons avaient finalement réussi à évoluer en une espèce intelligente semblable à eux, capable d'apprendre et de comprendre. C'était les humains. Les cétacés interprétèrent cette *nouvelle comme une menace. Et si ces humains utilisaient leur intelligence à mauvais escient? Si ces créatures à poumons étaient conscientes de l'existence de Cétacia, peut-être qu'elles en profiteraient pour tenter d'en dominer les habitants, puisqu'elles possédaient, dans leurs gènes, l'ambition de leurs lointains ancêtres qui s'étaient aventurés sur la terre? L'humanité n'étant encore qu'à ses balbutiements, deux solutions devaient être envisagées avant qu'il ne soit trop tard : exterminer les humains avant qu'ils ne les exterminent ou les aider à emprunter la bonne voie. Après de longues discussions, les cétacés se prononcèrent : ces créatures avaient le droit de vivre et d'exister, à la seule condition qu'on les supervise dans leur développement.*

Voyant que les cétacés voulaient sincèrement aider à mettre sa nouvelle création sur le chemin de la sagesse, de la fraternité et de l'amour, Dieu soutint leur noble cause en leur donnant le pouvoir de respirer de l'air et de marcher sur la terre, afin qu'ils puissent entrer en contact avec les humains et agir comme missionnaires en son nom.

Le premier contact entre les deux espèces fut plutôt pacifique. Les premiers hommes prirent les cétacés pour des géants bienveillants et leur vouèrent une admiration et un dévouement sans bornes. Les cétacés aidèrent les humains à créer une civilisation à l'image de Cétacia. Grâce à eux, nos ancêtres apprirent les bases de l'agriculture, de l'architecture, de la médecine, de la philosophie, des sciences et des mathématiques. Mais le savoir de ces êtres à poumons s'aiguisait au même rythme que leur désir de prendre leur destin en main. Et pour cause, car les cétacés abusèrent de leur influence sur les hommes, un peu comme si jouer les dieux leur était monté à la tête. Ils finirent par traiter leurs protégés comme de vulgaires esclaves et, un jour, les hommes se rebellèrent contre les cétacés. Dans leur désir de prendre le pouvoir, ils avaient réussi à inventer ce que les cétacés ignoraient totalement : la guerre.

Les humains étaient cependant très loin de faire le poids contre les cétacés qui les remettaient aisément au pas. Ce conflit devint le plus meurtrier que la Terre ait jamais connu dans son histoire. Les hommes avaient au moins une caractéristique qui finit par leur donner l'avantage : ils étaient d'une persévérance sans limites. Voir leurs semblables périr un à un *aurait dû les dévaster, mais cela leur donna davantage de courage et les motiva à acquérir leur liberté et à venger les leurs.*

Lorsque les humains réussirent à assassiner le roi de Cétacia, dans la panique, les cétacés prirent la décision d'exterminer toutes les créatures à poumons, croyant qu'elles devenaient incontrôlables. À l'aide de leur technologie développée, ils créèrent une gigantesque vague qui engloutit la Terre entière; seules les créatures possédant des branchies avaient une chance de survivre. La Terre fut recouverte d'eau pendant quarante jours et quarante nuits.

Mais fidèles à eux-mêmes, grâce à leur incroyable volonté, les êtres à poumons survécurent à ce déluge. Ils réussirent à rebâtir leur monde en se basant sur les fragments de souvenirs qui leur restaient de ce que les cétacés leur avaient appris.

La plupart des humains, désormais éparpillés aux quatre coins de la planète, oublièrent l'existence des cétacés et ce que ce peuple avait fait pour eux. Pourtant, il n'est pas rare de retrouver, dans nos mythes et croyances, des allusions à cette rencontre qui n'aurait pas dû avoir lieu. Atlantide, Lémurie, Mû, Ys ou Arcadia font en réalité référence à Cétacia. Les légendes relatant les luttes sanglantes contre ogres, cyclopes ou titans parlent en fait de ces géants des mers, qui passent maintenant, aux yeux des hommes, pour de simples animaux.

L'intervention des cétacés auprès des humains fut donc un échec. À cause d'eux, les hommes avaient pris conscience de ce qu'étaient le mal, l'avarice, la domination, le vol, le vice, la traîtrise, la violence et l'injustice. Dieu ne pardonna pas le geste des cétacés. Ils avaient perverti sa plus belle création et il serait dorénavant impossible à celle-ci de retourner à son innocence d'antan. C'est pourquoi il punit les cétacés en métamorphosant leurs branchies en poumons pour les bannir à jamais de Cétacia, tout en les empêchant de vivre sur la terre ferme, sous peine que le soleil les assèche. Ce Messie qu'ils attendent serait donc leur seul espoir de quitter cette vie sans patrie, car...

— Car? Car? Hé! Ho! pourquoi t'es-tu arrêté subitement de lire? demanda Mathias, offusqué; il avait fini par être intéressé par le discours de son frère.

Stanislas referma le journal, horrifié :

— La parade de la Saint-Jean-Baptiste ! Mon Dieu, nous l'avons complètement oubliée ! Vite, Mathias, amène-toi !

— Pas besoin de te presser comme ça, marmonna Mathias sans se presser, en espérant qu'avec un peu de chance, ils arriveraient en retard. Revenus à leur logis, ils entendirent les cloches de l'église sonner l'angélus, signifiant qu'il était six heures du soir. Il y avait bien longtemps que la parade avait eu lieu. Quand ils entrèrent dans la cuisine, ils aperçurent leur père assis à la table en train de fumer tranquillement la pipe. Les jumeaux savaient que lorsqu'il sortait sa pipe, c'était que quelque chose le contrariait. Pour Mathias, cette manie était aussi synonyme de fessée. Incalculable était le nombre de fois où son attitude polissonne avait transformé son derrière en tomate par l'intermédiaire de Joseph, qui perdait parfois son sang-froid lorsque le plus turbulent de ses fils dépassait les bornes. Les jumeaux se dirigèrent à pas de loup vers leur chambre pour ne pas être remarqués. Leur père les interpella :

— Arrêtez de faire comme si vous ne m'aviez pas vu et prenez vos responsabilités.

Approchez-vous, dit-il d'une voix autoritaire avant de remettre sa pipe dans sa bouche.

Les jumeaux obéirent et se rendirent dans la cuisine, honteux, sachant très bien qu'ils seraient réprimandés.

— J'espère que vous avez une bonne raison à me donner pour expliquer votre absence à la parade…

— Eh bien… Eh bien… J'ai… En fait, nous avons… bafouilla Mathias.

Stanislas, qui en avait assez de tous ces mensonges, décida de révéler la vérité à son père.

— Louis Cyr donnait une représentation à une foire et Mathias voulait absolument y assister. J'ai essayé de l'en empêcher, mais il n'a rien voulu entendre !

— Tu peux bien parler, toi ! Tu aurais dû voir ta tête quand je t'ai annoncé la présence de Jules Verne ! Avoue que ça te plaisait autant qu'à moi d'aller à cette foire !

— Pas assez pour manquer à mon devoir !

— Ça suffit ! Je me fiche de savoir qui est le responsable ! s'écria Joseph en s'approchant de ses fils. Je ne sais pas ce qui vous a pris de faire une chose aussi grossière et irrespectueuse. Vous me décevez, les garçons.

— Voyons, papa, ce n'est pas si grave que ça! protesta Mathias.

— Pas si grave que ça? La parade de la Saint-Jean-Baptiste a été annulée à cause de vous deux! Si vous saviez à quel point les habitants du Petit Canada étaient attristés d'apprendre la nouvelle. Je vous rappelle que nous, les Canadiens français, avons fait beaucoup de sacrifices et de pressions auprès des employeurs afin que le 24 juin devienne férié. Pour certains, il s'agit d'un moment sacré! Cette parade n'a lieu qu'une fois par an. À cause de votre égoïsme, ces gens en ont été privés. Demain, les ouvriers devront retourner à leur misérable quotidien et patienter jusqu'à l'an prochain, afin de pouvoir revivre cet instant qu'ils ont attendu toute l'année!

— J'étais libre de faire ce qui me plaisait le plus! Tu n'arrêtes pas de nous dire que la liberté est une notion qui doit primer, mais c'est comme si nous, nous n'avions pas le droit d'en bénéficier! Et puis, pourquoi tu te soucies autant des habitants du quartier? Est-ce que tu sais qu'ils n'arrêtent pas de parler dans ton dos ? Tu ne viens jamais à la messe, alors pourquoi tu tiens autant à ce qu'on joue saint Jean-Baptiste à la parade ? Pour faire plaisir à tous ces idiots ? Peut-être que ça te plaît, mais moi, je n'en ai rien à faire de cette fête ! hurla Mathias.

Sans prévenir, son père lui asséna une gifle si violente qu'il tomba à la renverse.

— C'est lorsque j'entends des insolences pareilles que je m'aperçois que je t'ai trop gâté, Mathias Demers ! Es-tu conscient du travail que les ouvriers exécutent dans les fabriques ? Nous avons très peu de moments de répit et encore moins de temps pour festoyer ! Tu ne te rends donc pas compte de l'importance de cet événement ? Comment t'ai-je élevé pour que tu sois aussi égoïste ? Tu n'as qu'un seul devoir à faire durant l'année et il a fallu que tu t'en sauves ! Tu n'es vraiment qu'un petit garçon ingrat, paresseux et opportuniste !

Joseph fut soudain submergé par une quinte de toux qui s'éternisa pendant un long moment.

Mathias serrait les dents de rage en tenant sa joue rougie.

— C'est à cause de toi si nous avons dû quitter notre pays pour vivre dans ce taudis ! Personne ne t'a demandé de vendre *La Sirène Bleue* ! C'est toi l'égoïste et l'opportuniste dans cette histoire ! Je te déteste ! hurla-t-il, la voix chevrotante, avant de claquer la porte de sa chambre.

— Mathias, attends ! lança son frère en le rejoignant.

Boudeur, Mathias regarda les quelques feux d'artifice annonçant la fête de la Saint-Jean-Baptiste par la fenêtre. Ils étaient beaucoup moins impressionnants que ceux qu'ils pouvaient admirer le 4 juillet, lorsque les riches Américains célébraient le Jour de l'Indépendance.

— Je ne veux plus jamais le revoir ! affirma Mathias en se frottant la joue.

— Arrête, Mathias, tu ne penses pas ce que tu dis !

— Si, je pense ce que je dis ! Papa n'est qu'un imbécile, il mériterait qu'on s'en aille ! Je le déteste, Stan ! Tu ne te rends donc pas compte que c'est de sa faute si nous avons dû quitter Percé ? Si tu savais comme notre village me manque, Stan. Nous étions si heureux, soupira-t-il avec des sanglots dans la voix.

Il regarda quelques-unes des photos de la vieille boîte à biscuits que Joseph avait retrouvée et déposée dans leur chambre. Il était maintenant furieux d'avoir perdu leur ancienne vie. Dans un accès de rage, il prit, de ses mains tremblantes, le coquillage qui avait appartenu à leur mère et le lança violemment contre le mur où il éclata en mille miettes.

Stanislas s'agenouilla pour contempler les dégâts :

— Mais qu'est-ce qui t'a pris ? C'était le seul souvenir qu'il nous restait de maman !

— Je m'en fous ! dit Mathias en plongeant son visage dans son oreiller. Dans son cœur, il regrettait tout de même son geste impulsif.

Stanislas ramassa les morceaux du coquillage. Avec un peu de chance, il lui serait possible de les recoller. Soudain, il aperçut, à travers les morceaux, une feuille de papier toute jaunie, pliée en quatre.

— Qu'est-ce que ça peut bien être ?

— De quoi tu parles ? grogna Mathias, la tête toujours dans l'oreiller.

— On dirait que le coquillage contenait une lettre !

— Une lettre de qui ? De maman ?

— Je ne sais pas.

— Alors, lis-la !

À mon enfant que je ne connaîtrai jamais...

Je sais que tu seras mon assassin. Je le sens tout au fond de mes entrailles. N'aie crainte, je ne t'en veux pas. Lorsque tu verras les autres enfants qui auront une mère à enlacer, c'est moi que tu maudiras de t'avoir abandonné dans le monde des hommes. Ce monde rempli de haine, de violence et d'injustice qui a perdu son innocence depuis bien longtemps.

Je ne sais pas quel âge tu auras lorsque tu liras ces mots. Peut-être seras-tu trop jeune pour en saisir toute l'essence, mais mon enfant, sache que tu as été chargé d'une mission divine. Le destin d'un peuple repose sur tes épaules. Tu es la clé qui ouvrira la porte d'une ère nouvelle, où tous les êtres vivants s'aimeront les uns les autres. Tu es le Messie que nous attendons tous, nous, pauvres pécheurs, le berger qui guidera son troupeau vers cet Éden dont nos ancêtres furent bannis par Dieu.

Toi, l'enfant que je porte, tu es le digne héritier de ce royaume.

Tu es né dans le but de réclamer le pardon des hommes. Voilà ce que Dieu attend de toi. Sa création la plus parfaite doit apprendre à pardonner à ceux qui l'ont offensée. Pour y arriver, il te faudra aller à l'encontre des grandes vertus cardinales. Tu auras l'impression de régresser et de perdre ta conscience, mais il le faut pour obtenir rédemption. Tu feras souffrir ceux qui t'entourent, mais le cœur qui souffrira le plus, ce sera le tien. Il brûlera de remords et de regrets et seul le pardon pourra apaiser sa douleur. Nous, pécheurs, serons dès lors délivrés de notre calvaire et nous ressusciterons dans cette nouvelle vie qui nous a été promise. Une vie où la faim, la maladie et la douleur ne seront plus. Là où notre enveloppe charnelle ne nous sera d'aucune utilité.

Tu sauras que ta mission s'amorce le jour où tu auras pris conscience du témoignage de notre passé, contenu dans un livre qui te racontera la genèse de ton peuple. Tu sauras de quel livre il s'agit lorsque tu le tiendras entre tes mains.

Une âme naissante t'interpellera. Par son sacrifice sur la croix, elle te baptisera de son sang pur afin de te léguer son innocence. Son dernier soupir insufflera la vie à ceux qui en auront besoin, dans ce monde nouveau qui s'ouvre à nous. Ainsi commencera ta quête.

N'oublie pas les quatre vertus cardinales : la prudence, la tempérance, la force et la justice. Tu iras à l'encontre de ces quatre vertus, mais tu les prôneras, une fois que l'on t'accordera le pardon. Deux cœurs battent dans ta poitrine : l'un rempli de sagesse, et l'autre, de témérité. La faiblesse de l'un doit devenir la force de l'autre. Ces deux cœurs doivent battre au même rythme, ils ne doivent faire qu'un.

Ainsi je termine mon testament : tâche d'être un souverain épris de bonté et de justice, comme le fut ton prédécesseur.

Les jumeaux restèrent un moment silencieux, très émus par cette lettre qui avait été écrite, de toute évidence, de la main de leur mère. Mais il y avait également ces étranges propos. Que pouvaient-ils bien signifier ? Mathias finit par se tourner vers son jumeau :

— Stan… Ce sera à ton tour de me trouver fou, mais lorsque tu faisais la lecture de cette lettre, je n'ai pas arrêté de penser à cette histoire de Cétacia.

— Comment, toi aussi ? demanda Stanislas, surpris que son frère ait pensé à la même chose que lui, surtout qu'il n'avait pas semblé s'intéresser à Cétacia.

— Est-ce que tu crois que maman, notre mère, serait la Grande Baleine Bleue dont t'a parlé cet Herman Melville ? Je sais que ça paraît stupide, mais ça expliquerait peut-être pourquoi papa n'arrêtait pas d'affirmer qu'elle était une sirène ! Peut-être que c'est ainsi qu'elle s'est présentée à papa… Lui révéler qu'elle était en réalité une baleine l'aurait effrayé... Papa ne disait pas, aussi, que maman aimait chanter ? Or, les baleines aussi chantent ! Et cette histoire de livre, dont elle fait mention, c'est sans doute le journal de bord de cet écrivain ! Elle devait savoir qu'on trouverait ce livre et cette lettre la même journée ! C'est une drôle de coïncidence, tout de même ! Tout concorde !

— Mathias, te souviens-tu que lorsque tu avais trois ans, tu es tombé à la mer ? demanda Stanislas qui venait de se souvenir de cet événement ; il prit son frère par les épaules, comme s'il venait de comprendre quelque chose.

— Euh, oui. Papa m'a raconté cette histoire des dizaines de fois. Mais qu'est-ce que ça vient faire dans la discussion ?

— Te souviens-tu qu'il avait dit que tous les pêcheurs du village avaient été impressionnés de voir à quel point tu nageais bien ? Ils disaient qu'il était miraculeux qu'un enfant de cet âge survive à un tel événement, avec tout ce courant. C'est peut-être dû à ton côté cétacé ? Et pourquoi papa disait que nous pouvions comprendre le langage de la mer ? Et les bélugas du Saint-Laurent qui suivaient *La Sirène Bleue*, de temps à autre, lorsque nous étions à bord ? Peut-être essayaient-ils de nous dire quelque chose ?

— C'est bien trop vrai. Donc, ça voudrait réellement dire que nous…

— Oui, nous serions donc les Messies qu'attendent les cétacés pour que se réalise la prophétie. Nous sommes donc à moitié baleines en raison de notre sang ! Ce n'est pas étonnant que nous ayons toujours été attirés par l'océan depuis notre enfance. Que maman soit morte en nous mettant au monde expliquerait aussi pourquoi les cétacés avaient perdu sa trace.

— Mais pourquoi ne parle-t-elle que d'un seul Messie dans son testament?

— Elle devait sans doute ignorer qu'elle attendait des jumeaux. Mais il y aurait peut-être une autre explication. Elle dit, vers la fin de sa lettre, que le Messie possède deux cœurs. Tu n'as jamais trouvé étrange que, pour des jumeaux, nous soyons si différents? Regarde les jumelles Tanguay ou encore les jumeaux Bergeron qui habitent tout près d'ici. Toujours en train de faire les quatre cents coups, ceux-là! Est-ce que tu les as déjà vus se chamailler? Ils sont tout simplement inséparables, ils ont les mêmes goûts et jouent aux mêmes jeux, alors que nous, nous avons énormément de difficultés à nous entendre sur à peu près tous les plans. Alors qu'ils souffriraient d'être séparés, nous, ça ne nous dérangerait pas vraiment. Pourtant, nous avons été élevés de la même façon, et par le même père! D'ailleurs, je ne suis pas le seul à l'avoir remarqué : le curé Cadoret m'en a parlé, ainsi que de nombreux habitants du quartier.

— Tu veux dire que nous ne serions pas jumeaux?

— Pire. Tout me fait soupçonner que nous serions en réalité un seul et même individu.

— Comment?

— Maman parle d'un cœur rempli de sagesse et d'un cœur rempli de témérité. Ça ne te rappelle pas deux personnes? Nous nous complétons parfaitement, tels deux morceaux de casse-tête emboîtés l'un dans l'autre. Ça fait sans doute partie de notre mission, ça aussi. Les Taïpis affirmaient que les créatures à poumons étaient audacieuses, alors que celles à branchies étaient sages. Peut-être que nous représentons chacun un peuple et que l'âme du Messie aurait été séparée en deux corps différents.

— Je n'arrive toujours pas à le croire. Si c'est bien vrai, tu te rends compte de l'importance que nous avons? murmura Mathias en se laissant tomber sur les genoux, tant il était choqué par ces découvertes inattendues.

— Il ne faut pas prendre la grosse tête pour autant. La mission qui nous a été confiée ne semble pas être une tâche aisée. Si nous l'acceptons, je crois qu'il va nous falloir beaucoup de courage et de détermination.

— Et alors? N'oublie pas que c'est moi, la témérité! Je serai toujours là pour te soutenir afin que nous puissions délivrer les cétacés, mais aussi nous délivrer de cette misérable existence, dit Mathias en s'approchant de son frère pour lui toucher le cœur.

— Et ma sagesse te tempérera lorsque tu iras trop loin, dit à son tour Stanislas en touchant la poitrine de son frère; et il ajouta : faisons honneur à maman, aux cétacés et aux hommes. Nous, fils de la Grande Baleine Bleue, soyons les missionnaires de ce monde nouveau que nous bâtirons pour les générations futures. Ce sera là notre serment.

Chapitre IV

Tuberculose

À l'aube, Mathias et Stanislas se rendirent, comme à leur habitude, à l'église Saint-Jean-Baptiste pour assister le curé Cadoret. Ils ne s'étaient pas reparlé des éléments contenus dans la lettre de leur mère : tous les deux attendaient l'instant propice pour pouvoir en discuter sérieusement. Cela ne les empêchait pas d'y penser chacun de leur côté, ce qui les rendait distraits. Même Stanislas, qui avait pourtant la réputation d'être toujours à son affaire, commettait, en servant la messe, des erreurs dignes d'un débutant. Tout au long de la messe, des gens les dévisageaient, comme s'ils ne leur pardonnaient pas de les avoir abandonnés le jour le plus important de l'année. Une fois prononcées les dernières paroles du curé, les jumeaux filèrent à la sacristie pour se changer.

— Je suis encore complètement retourné par ce que nous avons découvert ! dit Mathias.

Pas toi? Nous sommes mi-humains, mi-cétacés! Tu te rends compte, Stan? Le destin d'un peuple entier repose sur nos épaules! Ça me fait sentir tout drôle. Au fond de moi, j'ai toujours su que je n'étais pas tout à fait comme les autres. J'avais de l'intuition.

— Vraiment? protesta son frère. Je suppose que c'est pour ça que tu m'as pris pour un idiot lorsque je t'ai parlé de Cétacia, avant que nous découvrions ce testament laissé par maman. Ne viens pas dire que tu as une si bonne intuition que ça.

— Oh! toi, la ferme! Quoi qu'il en soit, je suis heureux d'avoir appris que j'étais prince, déclara Mathias, enthousiaste, en se débarrassant de sa soutane. Je me doutais que j'étais voué à un grand avenir! *Fat* n'a qu'à bien se tenir!

— Notre mission n'est pas un jeu, Mathias. Le rôle de souverain impose de nombreuses responsabilités.

— Oui, je sais, je sais, mais quand même, je me serais attendu à ce que maman soit n'importe qui, sauf une reine, et encore moins une baleine.

Le curé Cadoret entra à son tour dans la pièce. Le vieil homme s'approcha des jumeaux d'un air sévère.

— Je suis vraiment déçu de vous, les enfants. Les gens du quartier vous en veulent, et avec raison. Je me demande ce qui vous a pris. Ça me surprend surtout de toi, Stanislas. Je suppose que c'est ton frère qui t'a empoisonné l'esprit, dit-il en dévisageant Mathias.

— Les habitants nous voient chaque matin à la messe! protesta celui-ci. Ça ne leur suffit pas?

— Ce n'est pas vous qu'ils viennent admirer à la Saint-Jean-Baptiste, c'est celui que vous personnifiez! Saint Jean-Baptiste est non seulement le saint patron des Canadiens français, mais également le patron de notre paroisse! Cette fête nous permet de lui rendre hommage, mais vous lui avez manqué de respect, tout autant qu'à son peuple!

— Bon, ça va! grogna Mathias. On connaît la chanson! Notre père s'est déjà chargé de nous passer un savon hier! L'année prochaine, je règle le problème, je me coupe les cheveux. Adieu les frisettes! Comme ça, j'aurai un bon motif pour ne pas participer à cette parade ennuyante!

— Sois poli, mon garçon! Pour que tu dises des âneries pareilles, je vois que la réprimande de ton père n'a pas été très efficace! S'il est trop mou pour te corriger suffisamment, moi, je vais le faire! déclara le curé, irrité. Et il le prit sous son bras pour lui administrer une fessée.

— J'espère que tu as eu ta leçon maintenant, garnement! affirma le curé. Tu peux rester une petite minute, Stanislas? Il faudrait que je te parle.

— Oui, bien sûr, monsieur le curé.

— Manquait plus que ça! dit Mathias. Bon, eh bien, ne traîne pas trop, Stan! N'oublie pas, nous avons du pain sur la planche aujourd'hui!

Il partit en faisant claquer la porte de l'église.

Il attendit impatiemment son frère sur le perron de l'église, comme il avait coutume de le faire chaque matin. Des passants, le reconnaissant, lui crièrent des insultes, mais il fit la sourde oreille en sifflotant pour bien leur montrer qu'il était indifférent à leurs injures. Soudain, sur le toit d'une boulangerie, à proximité, il aperçut Pat O'Donnell qui s'apprêtait à ramoner une cheminée.

Alors lui, il va voir de quel bois je me chauffe! Il ramassa un gros caillou et le lança de toutes ses forces en direction de Pat, qui avait le dos tourné. Le jeune Irlandais sursauta. Il se retourna et, en apercevant Mathias, il éclata de rire.

— Alors, demi-portion, on est jaloux ou quoi? Ces imbéciles de WASPS n'ont pas été trop durs avec toi, j'espère? Pour une fois, j'ai bien aimé leur règlement bidon!

— Jaloux de toi? Jamais dans cent ans, *Fat*! lui cria Mathias en lançant une nouvelle pierre que le rouquin tenta d'éviter.

— Eh bien! tu devrais, têtard! Tu vois cette main? cria l'autre en retour, sur un ton goguenard, alors qu'il levait sa main droite. Elle a serré celle de ton idole adorée! Louis Cyr a même affirmé que si j'avais dix ans de plus, il m'aurait pris dans sa troupe n'importe quand, tellement il a été impressionné par mon talent!

Mathias bouillonnait :

— Il m'aurait dit la même chose à moi aussi!

— J'en doute ! Mais ce qui est sûr, c'est que c'était un très bon spectacle, surtout vers la fin ! Je plains ceux qui n'ont pas pu y assister au complet ! Merci beaucoup, têtard ! Je te dois tout ça !

Le rouquin retourna à son travail.

— Ravale tes paroles *Fat*, car un jour, tu devras te prosterner devant moi ! cria Mathias à pleins poumons. Tu parles à un futur roi ! Ne l'oublie pas si tu ne veux pas que j'ordonne à une baleine de t'avaler tout rond ! Tous les cétacés de la planète obéiront à mes ordres, tu entends ? Donc, gare à toi quand tu tremperas ton gros arrière-train dans la mer !

— Mathias, qu'est-ce qui te prend de crier de telles absurdités ? demanda Stanislas, inquiet, en sortant de l'église.

— C'est à cause du gros *Fat* ! C'est lui qui a commencé !

Il cherchait une autre pierre autour de lui, et il en trouva une. Stanislas l'empêcha de la lancer.

— Je préfère que nous ne parlions pas de Cétacia à personne pour le moment, chuchota-t-il, en le regardant gravement dans les yeux.

Ce n'est pas pour rien que monsieur Melville n'a jamais révélé le fruit de ses découvertes au grand public. Les gens ne sont peut-être pas encore tout à fait prêts à entendre la vérité.

— Même pas à papa ?

— Je préfère que non. Comme tu l'as dit toi-même, je doute qu'il soit au courant que maman était une baleine. Ça pourrait lui faire un trop grand choc. J'aime mieux qu'il continue à s'imaginer qu'elle était une sirène. Après tout, il semble si heureux de le croire. Pourquoi le décevoir ?

— D'accord, dit Mathias en serrant les dents. Je comprends ton raisonnement, mais ça ne m'empêchera pas d'étriper *Fat* un de ces jours !

Les jumeaux marchèrent nonchalamment jusqu'à Merrimack Street pour regagner leur logement.

— Dis, que sont exactement les quatre vertus cardinales et à quoi servent-elles ? demanda Mathias. Je n'ai pas très bien saisi cette partie du message.

— Monsieur le curé m'a tout expliqué. Les vertus cardinales sont en quelque sorte un idéal de la perfection. Quelqu'un de vertueux est quelqu'un qui, par définition, pratique le bien. Ce sont des balises qui permettent à toute personne de mener une vie moralement bonne. De communier avec l'amour divin. Comme nous l'a écrit maman, elles sont au nombre de quatre et symbolisent les quatre coins d'un crucifix.

Stanislas s'arrêta, ramassa une brindille et traça une croix sur le sol terreux. Il prit ensuite les cartes à jouer de Mathias qu'il avait ramassées la veille, puis les déposa sur chacune des extrémités de la croix pour symboliser les vertus, afin que son frère saisisse mieux leur signification.

— Il y a d'abord la force; je l'ai associée au roi. Il s'agit d'une vertu liée à la notion de sacrifice et de courage. Tu sais, la force, ce n'est pas nécessairement une histoire de muscles comme tu as souvent tendance à le croire. Être fort, c'est aussi être capable d'aimer son pire ennemi ou même de vivre avec la mort sur sa conscience. Vient ensuite la justice; je l'ai personnifiée par le valet. C'est une vertu qui consiste à être équitable envers tous ceux qui nous entourent, sans distinction. Puis, la tempérance, que j'ai représentée par le joker. C'est la maîtrise de la volonté sur l'instinct.

Celui qui est tempérant ne voit pas ses passions l'emporter sur sa raison ou son cœur. Il ne se laisse pas non plus aller à l'avarice, à l'excès ou à la folie comme le ferait justement le joker. Finalement, vient la prudence, considérée comme la reine des vertus. C'est donc pourquoi je l'ai unie à la reine de cœur. Il s'agit ni plus ni moins de la vertu qui régit notre conscience. C'est notre capacité à réfléchir et à juger, à peser le pour et le contre avant d'agir. Sans la prudence, les trois autres vertus ne sont rien. Et nous, dans tout ça, je nous représente par un as noir et un as rouge : il s'agit des deux cœurs du Messie.

Il déposa les cartes au centre de la croix.

— Et c'est ça à ça que l'on doit s'opposer ? dit Mathias, un peu déçu, en observant le schéma. Je me serais attendu à une mission plus héroïque que ça.

— Malheureusement, j'en ai bien peur…

— Et tu sais comment on va s'y prendre ?

— Non, mais ce n'est pas encore une priorité. Nous devons d'abord recevoir ce baptême de sang dont maman faisait mention dans sa lettre. Ce sera véritablement le prologue de

notre quête et le symbole de notre apparte-
nance au peuple des cétacés.

À peine avaient-ils grimpé l'escalier de
leur appartement qu'ils entendirent leur père
tousser à s'en fendre l'âme. D'abord surpris
qu'il ne soit pas encore parti travailler, ils
entrèrent en trombe.

Joseph était agenouillé, en train de cracher
du sang.

Stanislas s'accroupit près de lui, tandis que
Mathias prit un mouchoir pour essuyer la
bouche et la barbe tachées de sang de son
paternel.

— Papa! Tu es brûlant de fièvre! dit
Stanislas en lui touchant le front.

— Ça va aller, les garçons, je vous ai dit de
ne pas vous inquiéter pour moi, murmura
Joseph avec peine, le visage en sueur. Il se
remit à tousser.

— Tu ne vas quand même pas aller travailler dans cet état? demanda Mathias, voyant
qu'il avait préparé son baluchon.

— Ça va, je vous le répète! Ce n'est qu'un
petit malaise, ça va passer.

Il voulut se relever, mais les garçons tentèrent de l'en empêcher.

— Ne fais pas l'enfant, papa ! répliqua Stanislas. Ce n'est pas une grippe ordinaire que tu as là ! Il faut absolument que tu consultes un médecin !

— Je suis un marin, pas une mauviette ! Maintenant, les garçons, laissez-moi partir ou je vais me fâcher ! Je suis déjà en retard !

— Justement, tu n'es plus un marin aujourd'hui, papa ! Laisse ton orgueil de côté ! Il faut te soigner ! dit Stanislas.

Joseph l'ignora et reprit son baluchon. Mathias se braqua devant la porte.

— Mathias, tu as deux secondes pour t'enlever de là ou tu auras une fessée comme tu n'en as jamais reçu !

— Si c'est le prix à payer, alors vas-y ! Je ne m'enlèverai pas de là tant que tu n'auras pas accepté de consulter un médecin !

Joseph ouvrit la bouche, mais fut incapable de parler : une autre quinte de toux l'étouffa. Il retomba à genoux, une main à terre. Puis, il se mit à cracher du sang. Stanislas, horrifié, se précipita vers lui, lui caressa le dos sans savoir quoi faire d'autre, mais Joseph le repoussa, prêt à se relever pour franchir la porte. Après quelques pas titubants, il perdit connaissance et s'effondra lourdement sur le plancher.

— Papa! s'écrièrent les jumeaux à l'unisson, affolés.

— Vite, Stan, viens m'aider. Prends-le par les chevilles, ordonna Mathias à son frère, alors qu'il tentait de soulever leur père en le prenant sous les aisselles. Il faut l'emmener à l'hospice, chez les religieuses! Elles sauront sans doute quoi faire!

Les jumeaux transportèrent Joseph avec grande difficulté jusqu'à l'hospice dirigé par les sœurs de la Charité de la Providence de Montréal.

— S'il vous plaît! Aidez-nous! Notre père est très malade! cria Mathias en détresse dans le hall du couvent.

Ils transportaient quelqu'un de mal en point, c'était évident, mais personne ne vint les aider : les passants, habitués à de telles scènes, n'étaient plus touchés.

À l'entrée de l'hospice, deux religieuses vêtues de blanc et coiffées de larges cornettes accoururent. Elles aidèrent les garçons à transporter Joseph et à le déposer sur un lit ; elles tirèrent un rideau blanc pour l'isoler, puis demandèrent aux jumeaux de les laisser seules un instant avec lui. Malgré l'éclairage adéquat des lieux, l'ambiance était plutôt lugubre. Des gens se plaignaient, on pleurait, il y avait des cris qui glaçaient leur sang. Des hommes venaient juste d'être amputés d'un bras ou d'une jambe, alors que d'autres étaient recouverts de bandages comme des momies. Un prêtre donnait même les derniers sacrements à une patiente à l'article de la mort. Stanislas remarqua, sur les murs, des peintures représentant diverses scènes bibliques. Il les observa tour à tour pour tuer ce temps d'attente qui lui semblait interminable. Son regard s'arrêta sur celle représentant l'épisode de Noé et du Déluge.

Monsieur Melville disait donc vrai lorsqu'il écrivait que le conflit entre les cétacés et les hommes se retrouvait aujourd'hui caché dans plusieurs de nos mythes. Et c'était aussi la raison pour laquelle Goliath était représenté par un géant dans l'illustration du combat entre David et Goliath.

Après un bon quart d'heure, ils entendirent le rideau glisser et virent réapparaître les deux religieuses, stéthoscope au cou et un masque sur la bouche. Les frères voulurent courir au chevet de leur père, mais elles les en empêchèrent.

— Votre père pourrait être très contagieux ! Il vaut mieux éviter tout contact avec lui, affirma l'une des deux religieuses.

— Qu'est-ce qu'il a? demanda Mathias, inquiet.

— Votre père travaille dans une filature, comme la plupart des habitants du quartier, j'imagine?

— Oui, mais quel est le rapport avec sa santé?

— À cause des particules de coton qui circulent dans l'air à ces endroits, les ouvriers s'exposent au risque d'attraper la phtisie cotonneuse, une forme de tuberculose, si vous préférez. Votre père n'est pas la première victime de ce terrible fléau qui touche, d'année en année, de plus en plus de travailleurs du quartier. Je suis vraiment navrée…

La nouvelle explosa comme une bombe dans le cœur des jumeaux. Ils connaissaient la gravité de la tuberculose puisque, lorsqu'ils étaient tout-petits, cette maladie virulente avait emporté l'un de leurs voisins, qu'ils aimaient bien. Leur père allait-il subir le même sort?

— Soyez honnête, ma sœur, est-ce que notre père a une chance de s'en sortir? demanda Stanislas, les mains tremblantes.

— La tuberculose est une infection qui atteint directement les poumons. Je ne vous mentirai pas en vous disant que son état est très avancé, voire critique. Statistiquement parlant, il y a plus de gens qui décèdent de cette maladie que de gens qui en guérissent. Ça ne m'est malheureusement jamais arrivé de voir un survivant, mais ça ne veut pas dire que ça n'existe pas. Si votre père est fort et déterminé, il pourrait survivre. Il n'y a que le temps qui pourra nous le confirmer. Tout ce que vous pouvez faire jusque-là, c'est de prier pour lui, affirma-t-elle en essayant de prendre un air rassurant.

Les garçons ne purent s'empêcher de laisser couler quelques larmes silencieuses.

— Il pourra quand même vivre avec nous, n'est-ce pas? demanda Mathias.

— Il est préférable qu'il reste ici en observation. Ainsi, il aura tous les soins qu'il lui faut, en plus d'éviter de contaminer le quartier. Mais l'hospice vit de la charité et nous ne possédons que quatre-vingt-dix lits. Nous ne pouvons malheureusement garder que ceux qui ont les moyens de nous payer une pension. En êtes-vous capable? s'enquit la religieuse, visiblement gênée de devoir parler d'argent dans un tel moment.

— Nous sommes beaucoup trop pauvres pour ça! s'exclama Mathias. Nous ne gagnons que cinq cents par jour en servant la messe.

— Attendez, moi, je crois que j'en ai les moyens.

À la grande surprise de Mathias, Stanislas sortit une imposante poignée de cents et de billets qu'il remit à la religieuse.

— Il devrait y avoir vingt-trois dollars en tout, ça sera suffisant, ma sœur? demanda-t-il.

— Oui, bien sûr, c'est plus que le nécessaire, mon garçon, dit-elle, impressionnée, sans se poser de questions.

— Alors, je vous supplie de lui donner les meilleurs traitements possibles, s'il vous plaît.

— Je ne veux pas rester cloué dans ce lit! s'écria Joseph, qui venait de toute évidence de se réveiller. Je ne veux pas être un fardeau pour mes fils! Je dois aller travailler!

Devinant qu'il s'apprêtait à se lever, les religieuses furent contraintes de l'attacher à son lit pour le maîtriser.

— Papa... Je suis désolé. C'est pour ton bien qu'elles font ça, dit Stanislas d'une voix entrecoupée.

— Mes garçons, je vous en prie, ne me laissez pas ici. Je dois m'occuper de vous... Qu'allez-vous faire? murmura Joseph, derrière le rideau.

— Ne t'inquiète pas pour ça, papa, dit Stanilas, on va se débrouiller. Occupe-toi plutôt de ta santé.

— Plus vite tu regagneras des forces, plus vite tu pourras revenir vivre avec nous, ajouta Mathias. Je te promets même d'apprendre à jouer de l'harmonica. Tu verras, je deviendrai aussi bon que toi et je viendrai te jouer quelques morceaux.

— Merci, mes enfants. Vous êtes si courageux, souffla Joseph.

— Toi aussi, tu l'es! dit Stanislas. Ne laisse pas cette maladie t'abattre!

— À bientôt, papa, repose-toi bien, dirent-ils ensemble, accablés. Ils auraient tant aimé pouvoir embrasser leur père en guise d'au revoir, mais c'était impossible, leur dirent les religieuses intraitables, à cause de la contagion.

— J'ai eu la chance d'avoir de si bons enfants, entendirent-ils murmurer, alors qu'ils tournaient les talons. Merci, ma bien-aimée sirène, de m'avoir légué ce cadeau inestimable, moi qui ne suis qu'un raté. Il me sera au moins arrivé ça de bon dans la vie.

Les jumeaux quittèrent l'hospice, la tête basse et le cœur lourd.

— C'est à cause de moi, Stan. Tout ce qui arrive, je suis sûr que c'est de ma faute, dit Mathias en tirant sa casquette pour cacher ses yeux humides.

— Pourquoi dis-tu ça?

— Saint Jean-Baptiste a sûrement voulu me punir. Si j'avais joué son rôle à la parade comme je devais le faire, je suis sûr que rien de tout cela ne serait arrivé. Hier soir, je ne pensais pas du tout ce que je disais, Stan! J'aime papa, je ne veux pas qu'il meure!

— Allons, tu n'y es pour rien, affirma Stanislas. Ne t'en mets pas autant sur les épaules. Je suis persuadé que papa vaincra la tuberculose. C'est un marin, il ne faut pas l'oublier ! Il a une santé de fer.

Mathias ne semblait pas vraiment convaincu.

— Au fait, où as-tu pris tout cet argent ? demanda-t-il soudain, après voir reniflé. Je ne t'ai jamais vu aussi riche.

— Ce sont des économies que j'accumule depuis que nous servons la messe. Pendant que toi, tu dépensais à mesure pour t'acheter des friandises ou des jouets, moi, je me faisais des réserves. À dire vrai, j'avais espoir d'en avoir suffisamment pour racheter *La Sirène Bleue* un jour. Cela vous aurait rendus si heureux, papa et toi.

Il baissa la tête : il allait devoir recommencer à zéro pour réaliser son laborieux projet.

— Vraiment ? Tu n'as donc jamais profité de l'argent que tu gagnais ? Je ne m'en étais jamais rendu compte, je suis vraiment désolé. Si j'avais su, j'aurais partagé, dit Mathias, plein de remords en pensant à toutes les fois où il avait égoïstement refusé de lui prêter ses jouets ou encore lorsqu'il lui mangeait des gâteries sous le nez.

Lorsqu'ils arrivèrent à leur logement, ils eurent la surprise d'apercevoir des étrangers qui s'y étaient invités.

— Qui êtes-vous? Que faites-vous chez nous? Vous n'êtes pas un peu effrontés de vous inviter comme ça? lança Mathias, les poings serrés, s'adressant aux deux hommes qui arboraient de longues moustaches. Le plus grand portait un monocle, et l'autre était rondelet. Ils s'étaient incrustés dans leur salle à manger sans aucune gêne.

— Pour ton information, petit, ce n'est pas chez toi, c'est chez moi, dit l'homme au monocle, d'un air renfrogné, alors que le grassouillet sortait un calepin de sa poche. Je suis George Smith, le propriétaire de cette maison ouvrière, et voici mon comptable, monsieur Wilson. Nous aimerions parler à votre père, monsieur Joseph Demers.

— Il est présentement en convalescence pour une période indéterminée. Que lui voulez-vous?

— J'imagine que cela veut dire qu'il ne rapportera pas de salaire jusque-là ? L'imbécile ! Je suis sûr qu'il a fait exprès pour ne pas rembourser sa dette ! lâcha l'homme en jetant violemment une chaise sur le sol.

— Monsieur Smith, s'il vous plaît ! Il y a sûrement un malentendu. Vous croyez qu'il aurait fait exprès pour attraper la tuberculose ? dit Stanislas, quelque peu offusqué.

— Vous, les Canadiens français, vous êtes si malhonnêtes ! Vous ne savez pas quoi inventer pour tenter de me berner afin de débourser le moins possible pour votre loyer ! Je crois que j'ai été assez patient avec votre père ! s'écria monsieur Smith. Il était tout rouge.

— Et de quelle dette parlez-vous ? demanda Mathias. Notre père ne nous en a jamais parlé.

— Quelle dette… Quelle dette… Ne me faites pas rire ! J'aurais dû dire ses dettes ! Depuis cinq ans qu'il est en retard dans le paiement de son loyer. Demandez à mon comptable !

— En effet, d'après mes calculs, monsieur Demers doit à monsieur Smith plus de soixante dollars pour des loyers non payés. Ajoutez ensuite les paiements pour les frais mensuels de nettoyage de la cheminée et le bois pour le chauffage d'hiver, vous arrivez facilement à un total de quatre-vingt-trois dollars et je n'ai pas encore calculé les impôts ni les intérêts ! souligna monsieur Wilson en écrivant les calculs sur son calepin.

— Vous voyez ? J'étais venu lui donner un ultimatum avant de vous mettre à la porte, mais je vois bien que je n'aurai pas mon dû avant encore longtemps. Je dois donc passer aux grands moyens et saisir tous vos biens personnels. Dans la soirée, mes hommes viendront chercher ce qui m'appartient.

— Comment ? Mais c'est à nous ! Vous n'avez pas le droit ! s'écria Mathias, prêt à sauter sur le propriétaire. Stanislas dut le retenir par la taille.

— Comme si j'allais me gêner ! Votre père n'avait qu'à payer ses dettes ! Vous préférez qu'il aille en prison, peut-être ? La loi n'a aucune pitié pour les fraudeurs, même quand ils sont malades ! Je me trouve assez indulgent de ne pas faire appel à la police !

— Pourriture, murmura Mathias entre ses dents.

— Ah oui! J'oubliais. J'ai loué votre logement à une autre famille de sales *frogs* comme vous. Ils devraient arriver demain matin. Ils sont censés être quinze! Vous vous reproduisez vraiment comme de la vermine! C'est dégoûtant!

— Mais où on va dormir, nous, alors? demanda Stanislas, un peu affolé.

— Ce n'est pas mon problème! Mais bon, je me sens généreux aujourd'hui, je veux bien vous faire une faveur, dit l'homme en mettant son chapeau. Je vais vous laisser vivre dans le hangar, derrière la bâtisse. Il me sert de débarras. Vous pouvez y rester le temps que votre père se rétablisse, à la condition que vous me payiez la moitié du prix d'un loyer ordinaire. C'est à prendre ou à laisser.

— D'accord. Et merci, dit Stanislas à contrecœur.

Mathias avait vraiment l'air d'un chien enragé, prêt à mordre à tout moment.

— Bien! À ce soir, dit Smith, d'un ton hautain en quittant le logement, suivi de son comptable.

Mathias et Stanislas se laissèrent tomber sur leur lit, épuisés, désespérés. C'était comme si tous les drames imaginables leur tombaient sur la tête en même temps.

— Tu me crois, maintenant, dit Mathias, quand je te dis qu'on veut me punir ? Ne me dis pas le contraire, avec tout ce qui nous arrive…

— Ce sont des sottises, Mathias.

— Tu savais, toi, que papa avait des dettes ?

— Pas du tout. Il n'en a jamais parlé. Il ne voulait sans doute pas nous inquiéter.

— Malgré ses dettes, il s'est toujours assuré que nous ne manquions de rien, murmura Mathias. Dire qu'il a toujours gardé ses soucis financiers pour lui afin de nous protéger. Avoir su, je l'aurais aidé. Pourquoi n'ai-je jamais rien vu de tout ça ?

— Parce que tu étais heureux. Voilà tout.

Il y eut un moment de silence.

— Tu sais quoi ? dit soudain Mathias, en se levant du lit. Je vais aller me faire embaucher à la fabrique où travaillait papa. En son absence, il faut absolument que quelqu'un rapporte un salaire. En l'occurrence, ce sera moi !

— J'y vais avec toi ! Comme ça, nous ferons deux fois plus d'argent.

— Ah non ! Je suis l'aîné, c'est donc ma responsabilité et mon devoir ! Pendant que je travaille, toi, je veux que tu ailles à l'école !

— Oui, mais… Mais…

— Il n'y a pas de mais ! Je sais que tu en as toujours eu envie, mais que tu t'en es toujours privé à cause de moi qui ne peux pas y aller parce que je suis trop imbécile. Stan, quand vas-tu te rendre compte que je suis juste un idiot irrécupérable ? C'est toi le cerveau de nous deux et je suis persuadé qu'un grand avenir t'attend ! Tu n'as pas déjà oublié que c'est toi, le cœur rempli de sagesse ? Tu es le plus intelligent ! Si tu ne vas pas à l'école, tu vas gaspiller ton talent. Tu rêves d'aller à Harvard, n'est-ce pas ? Alors, tu iras !

— Mathias… murmura Stanislas, ému. Il se retint de dire que, pour le moment, il valait sans doute mieux rapporter du pain qu'aller à l'école.

— Donc, c'est entendu ! s'exclama Mathias. Il tendit une main, et Stanislas, après une légère hésitation, la serra.

— Dès demain, reprit Mathias avec enthousiasme, nous irons remettre notre tablier au vieux Cadoret, t'inscrire à la petite école de la paroisse et essayer de me dénicher du travail! Une toute nouvelle vie nous attend! Crachons-nous dans les mains et fonçons! Prouvons à papa que nous ne sommes plus les gamins gâtés qu'il a connus!

Chapitre V

L'ouvrier et l'écolier

De pied ferme, ils attendirent monsieur Smith. Avant l'arrivée du propriétaire, Mathias se hâta de cacher l'harmonica de son père et leurs photos souvenirs dans les poches de son veston, pour que l'homme n'ait pas l'idée de les leur enlever. Stanislas, de son côté, dissimula le précieux journal de bord d'Herman Melville sous sa chemise. En fin d'après-midi, monsieur Smith arriva avec ses hommes de main pour transporter la totalité du mobilier des Demers.

— Je vous laisse votre courtepointe. Vous allez comprendre pourquoi lorsque vous emménagerez dans votre nouvelle demeure. J'attends votre premier paiement d'ici quatorze jours ou je verrai personnellement à vous escorter jusqu'à la porte, à coups de pied au derrière ! Et n'oubliez pas, vous me devez la moitié du prix d'un loyer mensuel, plus ce qu'il reste à rembourser sur la dette de votre père.

— Quoi? Mais vous n'aviez rien dit au sujet de la dette de papa! s'écria Mathias. Vous avez saisi nos meubles, justement pour payer ça, non?

— Tu crois vraiment que votre misérable mobilier d'occasion était suffisant pour me rembourser? Ne me fais pas rire! J'ai à peine de quoi acquitter le quart de sa dette.

Soudain curieux, il ajouta :

— Hé! ce n'est pas de l'argent, ça? Tu pourrais en profiter pour me verser une petite avance.

Il avait vu les poches gonflées de Mathias et l'avait soupçonné de cacher une rondelette somme. Il tenta de tirer les photos des poches de sa victime, mais Mathias s'écarta pour l'empêcher d'y toucher; un autre homme de main empoigna solidement les jumeaux. Le propriétaire des lieux saisit les photos :

— De vulgaires photographies! Comme si vous aviez besoin de ça. Concentrez-vous sur l'argent que vous me devez plutôt que sur ces conneries, dit-il en déchirant les clichés en petits morceaux, sous les yeux horrifiés des jumeaux.

En un clin d'œil, les seules preuves de leur vécu au Canada venaient de s'envoler pour toujours. Les jumeaux avaient l'impression d'avoir perdu une partie de leur enfance. Ils ne verraient jamais plus leur maison de pêcheur, ni leur village, ni le Saint-Laurent, ni le rocher Percé. Tous ces lieux vivants ne seraient maintenant que de simples parcelles de souvenirs qui s'estomperaient petit à petit de leur mémoire, à mesure que les années s'écouleraient.

— *La Sirène Bleue*, murmura Stanislas, en retenant ses larmes.

— Une dernière chose, ajouta le propriétaire. Je vous conseille de garder vos souliers après le coucher du soleil, histoire de ne pas vous faire manger les orteils par quelque bestiole. Sur ce, je vous souhaite de passer une très bonne nuit dans votre somptueux palais, mes princes. Je repasserai dans deux semaines pour recevoir mon dû.

Livide de colère, Mathias, en silence, aida son frère à rassembler les morceaux éparpillés dans la pièce.

Peu après, Mathias et Stanislas se rendirent dans la cour arrière pour gagner le hangar qui, jusque-là, servait de débarras. Ils durent s'accroupir pour entrer. L'endroit était si sombre qu'ils allumèrent une chandelle pour dissiper un peu les ténèbres. Le hangar était bondé de bois de chauffage et de vieux matelas, pleins de punaises et de mites. Des cafards et des rats couraient sur le sol de terre battue, et il y régnait une odeur de bois mouillé et de moisissure. Les nombreux trous qui parsemaient le plafond présageaient des inondations, les jours de pluie. De vieux clous rouillés dépassaient des murs de planches de bois qui, vu leur état, laisseraient passer les moindres rafales. À quoi allait ressembler l'hiver, dans ces conditions ? Il n'y avait même pas de poêle !

Mathias avait l'air abattu.

— Ne t'inquiète pas, Mathias, dit Stanislas. Ce n'est que temporaire. Dès que papa ira mieux, tu verras, on déménagera ailleurs. On l'aura bientôt, notre royaume.

Il se colla contre son frère pour le réchauffer, tout en s'imaginant qu'ils devaient être placés ainsi, dans le ventre de leur mère, le seul endroit qui les aurait protégés de la réalité qu'ils devaient maintenant affronter seuls, sans armure ni bouclier.

***

À l'aube, Mathias n'eut pas le courage de réveiller Stanislas, qui avait enfin réussi à s'endormir profondément. Ils avaient si mal dormi ! Il borda son frère et décida d'effectuer seul ce qu'ils avaient l'intention de faire ensemble. Il se dirigea d'abord vers le presbytère de l'église Saint-Jean-Baptiste pour aviser le curé Cadoret qu'ils démissionnaient. Celui-ci fut surpris, mais ravi d'apprendre que Mathias avait convaincu son frère d'aller à l'école. L'homme d'Église demanda à Mathias de dire à son frère qu'il serait toujours le bienvenu à l'église, invitation que l'intrépide jumeau ne fit pas à son double, très satisfait de ne plus avoir le curé dans les pattes.

Mathias n'était pas d'accord avec le point de vue du curé Cadoret. Celui-ci avait affirmé, avec conviction, que c'était la faute de leur père si celui-ci avait été frappé par la maladie, et qu'il ne devait en vouloir qu'à lui-même. Selon le curé, Dieu voulait punir Joseph de ne pas avoir été aussi pieux que les autres habitants du quartier. Il est vrai qu'en cinq ans, il n'avait jamais assisté à une messe, même pas à celle de Noël. Il n'était pas étonnant que tout le quartier le regarde sans cesse d'un œil soupçonneux. Son seul acte religieux était d'assister à la parade de la Saint-Jean-Baptiste, mais il s'y rendait pour admirer ses fils, et non pour la fête. Le curé en profita pour traiter Demers de raté et d'irresponsable. Il le blâmait parce qu'il ne s'était jamais remarié, et qu'il avait vécu continuellement dans le péché. Il n'en fallut pas plus à Mathias pour l'agonir de bêtises, avant de prendre la porte pour de bon.

Mathias se sentit aussitôt apaisé et le cœur libre. Il ne devrait désormais plus rien à ce curé qu'il détestait maintenant autant que le propriétaire de leur logement. Sans plus attendre, il fila à la petite école de la paroisse, où une jeune religieuse, sœur Marie-Madeleine, l'institutrice, fut plutôt ravie qu'un nouvel élève se joigne à sa classe. En commettant l'erreur de se faire passer pour Stanislas, il fut embarrassé de répondre à un questionnaire pour savoir à quel niveau de scolarité il serait classé. S'étant aperçu que le gamin ne savait pas lire et qu'il avait une culture générale plutôt limitée, la religieuse décida que Stanislas allait être en première année. Elle l'attendrait dès le lendemain matin. Elle remit une ardoise et une craie toute neuve en cadeau à Mathias.

Il se rendit ensuite à l'industrie textile où son père travaillait, située sur les rives de la Merrimack River, dont on tirait l'énergie hydraulique pour faire fonctionner la machinerie. Cette fabrique s'occupait de la transformation du coton, du filage, et même du tissage. Il s'agissait de la plus grosse fabrique de Lowell, reconnue dans tous les États-Unis pour produire des tissus de coton d'une très grande qualité. Elle avait près de deux mille employés à son service. Ses longues cheminées crachant de la fumée grise, et ses façades d'un brun rouille terne, lui donnaient une apparence sévère. Au grand étonnement de Mathias, il fut engagé sans avoir à subir d'entrevue. On lui annonça qu'il commencerait son tout premier quart de travail l'après-midi même. Étant Canadien français, l'employeur savait qu'il ferait une affaire d'or en l'embauchant : puisqu'il était mineur, son salaire n'atteindrait que la moitié de celui d'un adulte. Le jeune garçon ignorait complètement la dureté du travail qui l'attendait.

Fou de joie, il fit un détour par l'hospice pour annoncer la nouvelle à son père.

— Tu as été embauché à ? dit Joseph entre deux quintes de toux, derrière le rideau qui le séparait de son fils. Je t'en prie, mon petit Mathias, ne fais pas ça ! Il y a sans doute une autre solution !

— Tu sais que nous avons besoin d'argent ! Il faut que quelqu'un te remplace afin de rembourser nos dettes !

— Mon Dieu, vous êtes donc au courant de cette histoire ? Une quinte de toux secoua Joseph.

— Oui. Le propriétaire est venu saisir tous nos meubles hier. Mais ne t'inquiète pas. Je vais réussir à récupérer le tout, d'ici à ce que tu guérisses. Je te le promets ! De toute façon, papa, il est temps que je devienne un adulte. Tu disais toi-même que j'étais paresseux et trop gâté ! Cela devait arriver un jour ou l'autre, que j'obtienne un emploi. Et puis, il faut nous racheter. J'ai réfléchi à ça cette nuit. C'est notre faute si tu as dû vendre *La Sirène Bleue* et si nous avons dû emménager dans cet endroit pourri.

— Je t'interdis de dire une telle chose ! Vous n'y êtes pour rien.

— Mais! répondit Mathias, si tu ne nous avais pas eus, tu n'aurais pas eu besoin d'autant d'argent et tu aurais pu continuer à pratiquer le métier de pêcheur que tu aimais tant!

— Mathias… C'est faux… J'aurais vendu mon âme au diable pour vous. Vous m'êtes beaucoup plus précieux qu'un simple bateau! C'est pour ça que je ne veux pas que tu travailles! Tu n'es pas conscient de la lourdeur de cette tâche ni des horreurs que tu devras côtoyer. L'océan qui valse dans tes yeux va se figer à tout jamais! Tu vas ressembler à tous ces enfants dont les parents ne s'embarrassent pas de tuer la jeune âme en les envoyant travailler. C'est le devoir d'un père de protéger son fils! Comment peux-tu aspirer à devenir un adulte accompli si tu brises ton enfance?

— Je suis désolé, papa, mais tu dois me laisser devenir un homme. Je t'en prie. Tu as été trop bon à mon égard. Il y a longtemps, déjà, que j'aurais dû voler de mes propres ailes. Il est temps que je me rattrape. Déteste-moi pour ça si tu veux ou punis-moi comme tu le désires, mais je dois le faire. Adieu, papa. Merci pour tout. Merci d'avoir essayé de protéger mon enfance pendant toutes ces années. Je suis sûr que je t'en serai sincèrement reconnaissant plus tard.

— Mathias ! Mathias ! Reviens ! Ne fais pas ça ! Tu vas être malheureux et tu le regretteras quand tu auras mon âge ! Ne tue pas ton enfance, tu n'es pas prêt ! Mathias !

Mathias quitta l'hospice en trombe. Des larmes roulaient sur ses joues. Il savait qu'il n'aurait plus le courage de rendre visite à son père. Il avait bien trop peur de regretter sa vie d'antan, si douce et si empreinte d'insouciance.

***

Mathias effectua ses premières journées de labeur et Stanislas, pour sa part, intégra la classe de sœur Marie-Madeleine, qui lui offrit un accueil chaleureux. L'âge de ses trente-trois camarades de classe s'échelonnait de six à quinze ans. Les enfants n'étaient pas tous au même niveau de scolarité. Il était courant de voir un enfant de huit ans en devancer un autre âgé de quatorze ans. Très peu d'élèves terminaient leurs études. La plupart quittaient l'école bien avant, préférant travailler avec leurs parents pour rapporter un peu d'argent à la maison. Les pupitres étaient disposés dans la classe en rangs d'oignons, deux par deux.

On avait assis Stanislas à côté de Violette Larocque, douze ans, fille du propriétaire de l'*Épicerie Larocque*, et considérée, en quelque sorte, comme la meneuse du groupe. Cela n'était sans doute pas étranger au fait qu'elle appartenait à une famille un peu plus aisée que la plupart des autres du quartier, puisque ses parents n'étaient pas des ouvriers. Même si la fillette affichait une attitude hautaine et un caractère plutôt égocentrique, elle inspirait le respect autour d'elle et personne ne voulait la décevoir. Tous les écoliers souhaitaient obtenir son amitié et faire partie de sa clique. Les garçons plus âgés, quant à eux, se lançaient sans cesse des défis visant à conquérir la belle enfant. Avec ses yeux émeraude et sa longue chevelure de blé, elle pouvait faire fondre le cœur de n'importe quel garçon. Elle portait toujours, pour tenir ses cheveux en place, un magnifique nœud violet, si large qu'on aurait dit des oreilles de chat. Ses robes étaient toujours joliment ornées. Selon la rumeur qui courait dans la classe, elle ne portait jamais plus de trois fois la même robe.

Violette avait le pouvoir de décider qui seraient les boucs émissaires de la classe et de déterminer ceux qui seraient les favoris du groupe. Par chance, Stanislas lui avait fait, dès le départ, une bonne impression. C'est même elle qui avait proposé à l'institutrice de l'asseoir à côté d'elle, repoussant son ancien voisin sans même lui demander son avis. Stanislas était intimidé d'être entouré par autant d'enfants aussi curieux d'en savoir davantage sur lui. Ils le connaissaient pour son interprétation de saint Jean-Baptiste à la parade, ce qui redoubla sa popularité au sein du groupe. Il comprit alors, pour la première fois, que ses seuls amis à ce jour, hormis son frère, étaient les livres qu'il empruntait à la bibliothèque. Il dut s'avouer que cet isolement l'avait rendu maladroit et timide auprès des autres. Violette ne cessait de lui faire la conversation alors qu'il se contentait de l'écouter poliment, sans rien dire. De toute façon, il n'avait rien d'autre à faire puisqu'il avait déjà terminé, en un clin d'œil, tous ses travaux pour les trois prochaines semaines. Il réalisait qu'il était surqualifié pour ce niveau, mais il préféra ne pas en parler, de peur d'avoir des ennuis. Il ne savait pas encore qu'il avait été classé en première année à cause des résultats médiocres qu'avait obtenus Mathias.

Je ne me sens vraiment pas à ma place ici. Tout ce que sœur Marie-Madeleine nous enseigne, je le sais déjà. En quelques jours, je n'ai rien appris de nouveau. Même lorsqu'elle explique des choses aux élèves de septième année, je comprends tout. Pourquoi les autres élèves semblent-ils avoir autant de difficultés? Tout est pourtant si simple.

— Rosine Rivard! Combien de fois vous ai-je dit de ne pas écrire de la main gauche! C'est mal! cria sœur Marie-Madeleine en donnant un coup de règle sur les doigts de la fillette.

— Pardon, ma sœur! Je ne le ferai plus, promit la fillette, piteuse, en frottant ses doigts, alors que les autres élèves ricanaient.

— C'est ce que vous me dites chaque année, et pourtant, vous continuez d'entretenir cette mauvaise habitude! Si ça continue, je devrai en glisser un mot à votre père!

— Oh non! s'il vous plaît, ma sœur. Si vous faites cela, il va me punir!

— Je devrai lui en parler tôt ou tard. Vos résultats sont lamentables. Vous ne connaissez même pas encore votre orthographe, vous avez de la difficulté en lecture et vous ne savez pas vos tables de multiplication, et encore moins celles des divisions!

— Mais je m'améliore, je fais beaucoup d'efforts!

— Je n'ai pas vu d'évolution, ce n'est donc pas le cas ! Vous avez douze ans et c'est la troisième fois que vous reprenez votre troisième année ! À votre place, je serais honteuse !

Sœur Marie-Madeleine savait être douce et complaisante avec ses meilleurs élèves, mais manifestait une froideur tenace et une grande sévérité envers ceux qui avaient de la difficulté à apprendre.

— Dites-moi, mademoiselle Rivard, combien donnent quatre divisés par deux ? demanda-t-elle en croisant les bras.

— Je… Je… Je ne sais pas…, avoua Rosine en baissant la tête, honteuse.

Autour d'elle, les autres murmuraient à quel point elle était idiote.

— Huit moins cinq, alors ? insista la religieuse.

— Trois ! Ça fait trois ! chuchota Stanislas pour aider Rosine, mais Violette lui donna un coup de coude pour qu'il se taise.

— Je ne le sais pas non plus…, répondit la fillette, au bord des larmes.

— Alors, étudiez, si vous ne voulez pas avoir l'air aussi ignare devant vos camarades !

dit la religieuse en la gratifiant d'une claque derrière la tête.

Hormis Stanislas, toute la classe lui adressait des sourires moqueurs. Rosine était d'ailleurs l'une des victimes préférées de Violette. Du coup, tous les autres écoliers en avaient également fait leur tête de Turc et passaient leur temps à la ridiculiser. La jeune fille portait jadis de magnifiques tresses châtaines, mais un camarade malintentionné les avait coupées. Depuis, elle arborait une affreuse coiffure échevelée. Sans compter qu'on avait déjà dissimulé un rat mort à l'intérieur de son pupitre, une araignée dans son col et des clous dans ses bottes. On avait aussi renversé son pot d'encre sur sa robe et on lui lançait régulièrement des craies derrière la tête. Stanislas avait remarqué que personne ne lui parlait à l'heure du déjeuner ni même pendant la récréation. Lorsque les enfants jouaient au ballon à l'extérieur, personne ne voulait la prendre dans son équipe. On se moquait également de ses incisives plus longues que la moyenne, ce qui lui avait valu le surnom de « Rosine la lapine » chez les plus jeunes.

Après la classe, Stanislas l'aperçut, appuyée contre un arbre, l'air plutôt déprimé. Il décida de prendre son courage à deux mains et de lui adresser la parole :

— Bonjour !

— Bonjour, se contenta de répondre Rosine, le regard méfiant.

— Ce n'est pas gentil ce qu'a fait sœur Marie-Madeleine tout à l'heure. C'est injuste qu'elle t'ait humiliée de la sorte. J'étais triste pour toi, tu sais.

— Ne me fais pas rire ! Tu es dans la bande à Violette. Depuis que tu es arrivé, vous êtes toujours ensemble ! D'ailleurs, ça ne m'étonnerait pas que tu me tendes un piège dans le but de me ridiculiser ! Je ne fais confiance à personne ici.

— Non, du tout. Je n'approuve pas ce que font Violette et les autres. D'ailleurs, j'étais venu te proposer mon aide pour tes devoirs. Je peux te donner un coup de main.

— Vraiment ?

— Bien sûr ! Mon frère revient du travail aux alentours de six heures. Je pourrais passer chez toi après l'école, si tu le désires.

— Non, pas chez moi. Ce n'est pas une bonne idée, je pourrais avoir des ennuis, dit-elle en serrant nerveusement le tissu de sa robe.

— Pourquoi? demanda Stanislas, surpris.

Rosine eut à peine le temps d'apercevoir Violette qui, furieuse, saisit Stanislas par l'épaule.

— Stanislas! Enfin, te voilà, mon mignon! Je te cherchais partout! Alors, tu viens? Tu m'avais promis de m'aider à faire mon travail de géographie! Tu n'as pas oublié, j'espère! Je t'ai fait des gâteaux hier soir; je suis sûre que tu vas les adorer, ajouta la fillette en entraînant le jeune homme avec elle.

Je le savais. C'est toujours comme ça! Il ne fallait pas te faire d'illusions, ma vieille. Tu n'as pas d'amis ici, pensa Rosine en les regardant s'éloigner.

Stanislas, éberlué, la suivit.

— Je t'interdis de parler avec Rosine! dit-elle d'un ton coléreux.

— Pourquoi? Elle n'est pas méchante.

— Non, mais elle est bête. C'est la honte de s'en approcher!

— Je n'approuve pas vraiment cela, Violette. Tu aurais aimé que ce soit toi que l'on traite ainsi?

— Non, mais ça ne me serait jamais arrivé : je ne suis pas aussi sotte qu'elle! Tu es trop bien pour elle.

Stanislas préféra ne rien ajouter. La jeune fille tenta de lui prendre la main, mais il la repoussa, prétextant qu'il devait rentrer chez lui. Il lui souhaita une bonne soirée, puis se dirigea vers son logis sous le regard médusé de Violette.

Quelques heures plus tard, Mathias regagna le hangar à son tour. Il était de toute évidence épuisé de sa journée, même s'il ne voulait rien en laisser paraître.

—Salut, Stan! Comment c'était, l'école? demanda-t-il, avec un sourire forcé.

— C'était très bien! dit Stanislas. J'ai appris des tas de nouvelles choses! Je me demande même pourquoi je n'y suis jamais allé avant!

— Je suis heureux de l'entendre. Moi aussi, j'adore mon travail! Mon contremaître trouve que je fais du bon boulot, je risque d'avoir vite une promotion!

Lorsqu'il ouvrit la bouche pour rire, Stanislas remarqua qu'il lui manquait une dent.

— Où est passée ta canine droite? Et pourquoi as-tu la lèvre fendue?

— Ah! Ça? C'est rien! J'ai croqué dans une pomme trop dure tout à l'heure, c'est tout! C'était une dent de lait, de toute façon, faut pas trop s'inquiéter, ça va repousser.

— Mon Dieu, Mathias! Tu saignes du nez!

— Ne t'inquiète pas pour ça non plus, Stan, j'ai trébuché sur une pierre en rentrant!

— Pourquoi portes-tu des gants?

— C'est pour le travail.

— Pourquoi tu ne les enlèves pas?

— Arrête de poser des questions stupides, veux-tu? Tu m'énerves! Tu n'as pas des devoirs ou des leçons à faire, toi? Laisse-moi tranquille, j'ai faim!

Il sortit un pain de sa poche, le restant de son repas du midi, et s'éloigna pour manger en paix.

— Ça fait des jours que tu reviens du travail en ronchonnant dès que je te pose des questions. Qu'est-ce qui se passe ? Pourquoi ne me racontes-tu rien ? demanda Stanislas, inquiet.

— Je t'ai dit que tout va à merveille ! Bon, je suis peut-être un peu fatigué, c'est vrai, je l'admets, mais c'est tout.

— Bon, bon, ça va, je te crois… Ça te dirait de faire une petite partie de cartes avec moi ? demanda Stanislas.

— Non, merci ! Une autre fois, peut-être. Je préfère dormir. On se reprendra ! Bonsoir !

— Bonsoir, Mathias, dit Stanislas, plutôt surpris. Si son frère refusait de jouer aux cartes, c'est qu'il n'allait vraiment pas bien.

Comme chaque nuit, Mathias se laissa tomber sur la planche vaguement bourrée de couvertures qui lui servait désormais de lit.

Bon sang ! Jamais j'aurais cru regretter de ne plus servir la messe. Même l'odeur de l'encens me manque ! Papa avait raison. Je n'aurais pas dû être aussi optimiste. Travailler, c'est dur ! Comment faisait-il, lui, pour être aussi souriant ? Aurai-je un jour sa force ?

C'est parce qu'il pensait à Cétacia, ce royaume qu'on lui avait promis, que Mathias avait encore une petite parcelle de joie dans son cœur. À Cétacia, on le respecterait. Il ne serait pas traité en esclave. Il serait enfin apprécié à sa juste valeur.

Il se cacha la tête dans les couvertures pour que son frère ne l'entende pas sangloter. Il était beaucoup trop orgueilleux pour révéler à son jumeau qu'en réalité, depuis sa toute première journée de travail, c'était une vraie torture à *Boott Cotton Mills*.

Tout d'abord, le contremaître à qui on l'avait confié était un dénommé Dominico Moretti. Fils d'immigrants italiens, Dominico avait été un simple ouvrier pendant vingt-deux ans. Un jour, sa persévérance et son acharnement avaient été récompensés : il avait été nommé contremaître. Au lieu de ressentir de la compassion et du respect pour ses anciens compagnons, il les traitait comme des rats. Il était pire que le pire des contremaîtres américains. Il ne fallait pas se fier à sa lisse chevelure noire ni aux traits délicats de son visage, et encore moins à ses yeux d'ange. Sa beauté sidérante n'avait d'égale que sa cruauté. Dominico se croyait tout permis et il pouvait décider de renvoyer quelqu'un sans aucune raison, juste parce qu'il en avait envie. Cet homme vicieux détestait les Canadiens français par-dessus tout. Personne n'avait jamais su pourquoi il vouait une telle haine à ces gens en particulier, mais ceux-ci devaient sans cesse encaisser ses sautes d'humeur. S'il avait l'occasion de faire du tort à l'un d'eux, il ne s'en privait pas.

C'est d'ailleurs ce qui était en train d'arriver à Mathias. Sachant que les Irlandais ne portaient pas les Canadiens français dans leur cœur, il l'avait expressément envoyé travailler dans leur secteur, comme il aurait lancé une proie à des prédateurs. Les Irlandais le harcelaient constamment. Mathias, pratiquement le seul Canadien français de ce secteur, avait l'impression d'être entouré d'une soixantaine de Pat O'Donnell.

Même les adultes s'en étaient mêlés, un peu comme si cet enfant représentait le Petit Canada au grand complet. Il était leur souffre-douleur. On lui faisait des remarques peu flatteuses sur les mœurs de ses congénères, jugés sans cœur parce qu'ils préféraient faire des dons à l'Église plutôt que d'acheter des médicaments pour leurs enfants malades. Ou encore, qu'ils faisaient beaucoup de bébés dans le seul but de les faire travailler afin de gagner plus d'argent. C'est d'ailleurs pourquoi la rumeur voulait que les Canadiens français mentent sans remords sur l'âge de leurs enfants pour qu'ils puissent travailler dès cinq ans, pratique inacceptable pour les Irlandais, mais également proscrite par la loi américaine, même si les industries fermaient souvent les yeux sur ce passe-droit. Les patrons allaient même jusqu'à cacher les enfants en bas âge lors de la visite des inspecteurs. Ce qui mettait vraiment les Irlandais en colère, c'est que les Canadiens français ne participaient jamais aux grèves que les immigrants tentaient de faire pour obtenir de meilleures conditions de travail, aucun employé ne recevait jamais de privilèges ni d'augmentation de salaire. Les autres groupes ethniques considéraient les Canadiens français comme étant des gens peureux et sans fierté, qui se contentaient de peu, et cela leur répugnait. Ce n'était pas étonnant que les employeurs adorent ces Canadiens français si obéissants et si peu exigeants.

Quand on avait fini d'attaquer les *frogs*, en général, on attaquait personnellement Mathias. On ne cessait de critiquer son travail, de le traiter d'incompétent et de lui faire des mauvais coups pour lui rendre la vie infernale. On l'agressait aussi physiquement. Mathias ne se laissait pas faire et embarquait dans de violentes querelles avec des hommes ayant parfois le double, voire le triple de son âge. C'est d'ailleurs dans une bataille pareille qu'il avait perdu une dent et qu'il s'était fendu la lèvre.

Son boulot était aussi inhumain que l'étaient ses relations sociales. Bien que facile, sa tâche était monotone, désagréable et surtout dangereuse. Il devait rester planté debout, à surveiller l'une des machines pendant treize heures d'affilée. Il était aussi chargé de nettoyer les bobines encrassées, de ramasser les fils de coton sous les métiers à tisser et d'attacher les fils brisés sous les machines en marche. D'ailleurs, cette dernière opération ne cessait de lui causer des blessures au bout des doigts. Comme il devait travailler avec minutie et utiliser ses ongles, il ne pouvait pas mettre de gants pour travailler. C'est pourquoi il en portait uniquement après le travail pour que son frère ne voie pas ses doigts ensanglantés. Il devait également travailler pieds nus, car cela l'aidait à prendre appui lorsqu'il devait grimper sur les machines pour en vérifier l'état. Ses cors aux pieds étaient nombreux et douloureux. Sur certains de ses orteils, de la corne commençait à se former. De plus, le vacarme des machines résonnait sans cesse dans ses oreilles et persistait des heures après qu'il ait quitté la fabrique. Sans parler du fait que la vapeur de la machinerie lui causait des inflammations oculaires. Étant donné que la température ambiante, à l'intérieur de la fabrique, se situait entre trente-deux et quarante-huit degrés Celsius, il avait régulièrement des nausées. Ce n'était d'ailleurs pas rare de voir des ouvriers vomir ou perdre connaissance. Pour tout ça, il ne gagnait que sept cents de l'heure. Cela lui donnait un salaire hebdomadaire d'environ cinq dollars et quatre sous, qui lui permettait de payer de justesse le loyer mensuel demandé par monsieur Smith. À ce rythme-là, il ne pourrait jamais accomplir la promesse faite à son père de récupérer leurs meubles. Il se contraignait à sauter son petit déjeuner pour économiser davantage et permettre à son frère de manger à sa faim.

Chapitre VI

Le baptême de sang

— Il faut absolument empêcher Stanislas de se rapprocher de Rosine ! Je les ai vus discuter ensemble hier après-midi et ça m'a dégoûtée, affirma Violette à deux de ses camarades de classe.

— Tu as tout à fait raison. Ça serait honteux qu'un garçon aussi mignon soit son ami.

— Je suis tout à fait d'accord avec vous deux. Il est trop craquant pour ça ! Ce garçon dégage quelque chose de spécial. On dirait un prince charmant sorti tout droit d'un conte de fées, affirma une autre fillette, extasiée.

— Ne vous faites pas d'illusions, les filles : il est pour moi ! Je lui ai même révélé l'emplacement de mon trésor !

— Comment, Violette ? Tu lui as vraiment dit où tu cachais ton trésor ? Tu ne nous l'as jamais révélée, à nous, cette information! Tu nous as toujours fait entendre que tu ne partagerais ce secret qu'avec celui qui réussirait à enflammer ton cœur! Tu dois vraiment l'aimer, alors!

— Taisez-vous, il s'en vient par ici; faites comme si de rien n'était, ordonna Violette en se dépêchant d'entrer dans l'école.

Stanislas pénétra à son tour dans le bâtiment et fut accueilli chaleureusement par la fille de l'épicier, qui lui avait dessiné un cœur sur son ardoise. En l'apercevant, Stanislas, peu démonstratif, se contenta de lui témoigner un timide remerciement et préféra observer Rosine avec pitié, seule à son pupitre. Dès que sœur Marie-Madeleine mit le pied dans la classe, elle se planta devant elle, au grand bonheur des autres.

— Mademoiselle Rivard, on a fait son devoir de mathématiques? dit-elle en croisant les bras.

— Oui, bien sûr!

Rosine semblait extrêmement fière d'elle, jusqu'à ce qu'elle constate que son cartable avait disparu. Elle regarda autour d'elle, complètement paniquée, mais en vain.

— Alors, ça vient?

— Je ne comprends pas, j'étais sûre d'avoir mon cartable avec moi.

— Encore l'un de vos mensonges, j'imagine!

— Je vous jure! J'ai vraiment fait mon devoir! J'ai travaillé très dur toute la soirée hier!

— Elle a dû le grignoter avec ces deux énormes dents, ma sœur! dit quelqu'un dans son dos; et alors, les plus jeunes se mirent à scander en chœur : « Rosine la lapine ». Violette chuchota à l'oreille de Stanislas qu'en réalité, elle avait demandé à Gilbert, un grand de sixième année, de subtiliser le cartable de Rosine pendant qu'elle avait le dos tourné; puis, il l'avait accroché à une branche de l'érable situé dans la cour d'école. Stanislas, très choqué par ce geste d'une grande méchanceté, décida de vendre la mèche à sœur Marie-Madeleine avant qu'il ne soit trop tard. La religieuse disait, au même moment :

— Silence, les enfants! Mademoiselle Rivard, je n'aurai donc pas d'autre choix que de vous punir! Ma patience a des limites, dit-elle, en brandissant sa règle de bois.

— Attendez, ma sœur! Rosine dit la vérité!

145

Un malfaisant a accroché son cartable sur une branche d'arbre dans la cour! lança Stanislas en se levant.

— Sale petit rapporteur! De quoi tu te mêles? demanda Gilbert à haute voix.

— C'est donc vous! Allez me le décrocher immédiatement, monsieur Tremblay. Et ne traînez pas; sinon, je vous fais recopier une parabole complète à treize reprises! déclara la religieuse, menaçante.

— Oui, ma sœur! J'y vais, j'y vais! lâcha-t-il en se précipitant vers la porte.

— Je vous fais part de mes excuses, mademoiselle Rivard. Navrée d'avoir douté de votre honnêteté, se contenta de dire la religieuse, en lui posant tout de même une main sur la tête.

Violette était rouge de colère.

Comment mon futur amoureux a-t-il pu faire une telle chose? pensa-t-elle en serrant les dents.

Merci, Stanislas. Tu n'es peut-être pas si méchant que ça, se dit Rosine en fixant la nuque du jumeau.

À la récréation, Violette concocta un plan

avec ses camarades pour briser l'amitié naissante entre Stanislas et Rosine. Elle se dit que si elle n'était pas capable de faire en sorte que Stanislas la haïsse, le contraire ne serait peut-être pas impossible. Violette invita le garçon à se joindre à une partie de ballon chasseur. Elle se plaça devant Rosine qui, appuyée contre un arbre, griffonnait quelque chose sur son ardoise. Lorsque ce fut au tour de Stanislas de lui lancer le ballon, Violette l'incita à le tirer de toutes ses forces et esquiva le ballon, qui atterrit sur le nez de Rosine. Tous les enfants se mirent alors à rire aux larmes et à féliciter Stanislas pour son bon coup.

— Je... Je... Je suis vraiment désolé, Rosine... Je ne voulais vraiment pas te blesser, déclara Stanislas pour s'excuser, complètement paralysé.

— Allons, Stanislas, inutile d'être aussi hypocrite, roucoula Violette en le prenant par le bras.

— Oui, c'est vrai, Stanislas ! Tu nous as dit ce matin que tu en mourais d'envie et je te cite : « Ça serait bien de lui fendre les dents en deux pour qu'elles aient enfin la bonne taille », dit une autre fille pour mousser le mensonge.

— Tu as aussi dit qu'elle était tellement

laide que ça ne changerait rien à son visage, même si tu lui cassais le nez.

— Non, c'est faux, jamais je n'aurais affirmé de telles choses. Est-ce que ça va, Rosine ? demanda-t-il, inquiet. Voulant s'approcher de la jeune fille, il constata qu'elle se cachait l'œil gauche. Elle s'éloigna en pleurant.

— Ne t'occupe plus d'elle, tu vois bien qu'elle ne veut plus te parler ! Ne perds pas ton temps avec cette petite sotte et reste avec tes vrais amis, fit Violette qui jubilait, fière de son coup, en tenant l'épaule du jumeau.

Stanislas ne lui répondit pas ; il préféra lui donner un petit coup d'épaule pour qu'elle le lâche et suivit Rosine, qui était partie en pleurant.

J'en ai assez, j'en ai vraiment assez ! C'est aujourd'hui que tout va cesser ! se promit-elle en s'arrêtant à une intersection.

Des sabots de cheval claquaient sur le sol, annonçant une carriole qui s'approchait à vive allure ; elle prit une grande inspiration, prête à se jeter devant l'attelage, dans l'espoir de se faire frapper et de mourir. Elle tremblait d'émotion, mais prit son courage à deux mains et s'élança vers le milieu de la rue quand, soudain, elle sentit qu'on la tirait vers l'arrière ; la carriole passa à quelques centimètres d'elle.

— Hé ! mais qu'est-ce qui t'est passé par la tête ? C'est dangereux ! dit Stanislas en tenant fermement la jeune fille par le bras. Elle ne put s'empêcher de rougir lorsqu'elle aperçut le visage angélique du garçon.

— De quoi te mêles-tu ? Pour une fois que j'avais trouvé le courage de le faire ! dit-elle en se débattant.

— Du courage ? De l'inconscience, plutôt ! Tu n'as pas le droit de détruire ta vie !

— Qu'est-ce que le garçon le plus populaire de l'école en sait ? Ça fait des années que je suis ici à me faire ridiculiser, alors que toi, tu tombes du ciel, et du jour au lendemain, tu réussis à charmer tout le monde, juste en levant le petit doigt, et puis tu…

Rosine s'arrêta soudain de parler. Elle regardait Stanislas, les yeux fixés sur lui, la bouche légèrement entrouverte.

En voyant les yeux bleus du jumeau, remplis de sympathie, elle perdit la force de le blâmer. Jamais elle n'avait vu des yeux aussi bleus et étincelants que ceux de Stanislas !

— J'étais simplement venu m'excuser. Ne crois pas ce que Violette et les autres ont raconté tout à l'heure, c'étaient des mensonges. Ne t'enlève pas la vie pour ça, je t'en prie. Tu risquerais d'aller dans les limbes et tu y serais horriblement malheureuse pour l'éternité, tu sais. Ça n'arrangerait rien, n'est-ce pas ? Viens là.

Il s'assit sur le trottoir ; après une petite hésitation, elle l'y rejoignit.

— Dans les limbes... murmura-t-elle, ça n'aurait pas été tellement pire.

— C'est un endroit situé entre le paradis et l'enfer. Il n'y a rien, c'est le néant total. On y trouve les âmes des enfants qui n'ont pas été baptisés, affirma Stanislas avec conviction. C'est la pire chose qui puisse arriver à quelqu'un. J'aurais beaucoup trop de peine de savoir qu'une de mes camarades de classe se trouve là-bas. Surtout si c'est celle qui a le plus beau sourire de toutes !

Il essuya du bout du doigt la larme qui roulait sur la joue de Rosine.

— Tu dis ça pour te moquer de mes dents, j'imagine, dit Rosine en détournant la tête.

— Mais non, je le pense vraiment. Tu avais un si beau sourire lorsque tu étais fière de montrer à sœur Marie-Madeleine que tu avais fait ton devoir de mathématiques ce matin.

— Alors, pourquoi essaies-tu d'être aussi gentil avec moi? Violette est déjà drôlement fâchée. Tu ferais peut-être mieux de me laisser ici et de retourner en classe.

— Et alors? Pourquoi aurais-je le droit d'avoir des amis et pas toi? Je n'ai rien fait de spécial. Je ne vaux pas mieux que toi, et Violette ne vaut pas plus que moi. C'est injuste, ils te mettent à l'écart, comme si tu avais une maladie contagieuse.

— Si tu savais comme je souhaite en attraper une… Au moins, elle m'emporterait loin d'ici.

Stanislas pensa à son père, si pâle et si maigre derrière les rideaux de l'hospice.

— Ne dis pas ça, Rosine! Pense à tous ceux qui auraient aimé être en santé comme toi.

Il empoigna Rosine par les avant-bras pour la forcer à le regarder dans les yeux. Elle poussa un cri de douleur.

— Oh, je suis navré, je me suis un peu emporté, je ne voulais pas te faire de mal. Je ne savais pas que j'avais appuyé si fort sur tes bras !

Embarrassé, il retroussa l'une des manches de la robe de la pauvre fille afin de frictionner son bras. Il était couvert d'ecchymoses. Certains étaient jaunâtres, en voie de guérison, mais d'autres étaient si larges et si foncés qu'on aurait cru qu'elle avait la peau noire. Il roula légèrement l'une des longues chaussettes de Rosine. C'était pareil sur ses jambes.

— Qui t'a fait ça ? souffla-t-il, sidéré.

Rosine hésita un moment.

— Tu ne le répéteras à personne, n'est-ce pas ?

— Promis.

— C'est mon père. Mais seulement quand il prend trop de boisson. Le reste du temps, je te jure, il est vraiment gentil avec moi. Ça n'arrive que de temps en temps, déclara-t-elle avant d'éclater en sanglots.

Stanislas, horrifié, lui tapota maladroitement l'épaule. Était-il possible que dans d'autres familles, un père batte ses enfants ? Jamais le leur n'aurait usé d'une telle brutalité envers eux, même quand il leur donnait une fessée ou une petite gifle.

— Gentil ? Sous tes bleus, il y en a d'autres plus anciens qui sont en train de disparaître ! On ne voit presque plus ta peau, Rosine ! Il doit te taper dessus tous les soirs.

— Tu comprends, maintenant, pourquoi je veux partir ! affirma-t-elle entre deux sanglots. Il n'y a personne qui veut de moi, ici ! Tous ceux qui auraient pu m'aimer m'attendent au ciel : mes deux sœurs, ma grand-mère et ma mère. Ça n'arrête pas, à l'école, à la maison ! Depuis que ma mère est morte, mon père boit. Il ne pense qu'à boire ; il boit, il boit, et il me bat. Je déteste ce monde autant que les gens me détestent !

— C'est vrai qu'il est laid, le monde. Mais il est laid pour tout le monde, Rosine. Ton rôle est justement de l'embellir, tout en acceptant sa cruauté. Tout être humain naît pour cette raison. N'oublie pas que ce monde sera aussi ton cercueil. Il faut donc, dès maintenant, commencer à embaumer ton corps de roses pour que tu puisses reposer dans ce cercueil sans regret ni tristesse en humant éternellement le doux parfum de ces fleurs. Si tu ne le fais pas, tu ne trouveras jamais la paix. Je sais, ça fait mal. Les roses sont couvertes d'épines et font parfois saigner ton cœur, mais imagine que tes souvenirs en sont les pétales. Que ce ne soit qu'un simple sourire ou une larme de joie, je suis sûr qu'il y a quelque chose qui te donne la force d'endurer toutes ces épreuves et qui te donne ce si joli sourire.

Stanislas fouilla dans sa poche et en sortit un chapelet rouge ; il le plaça au creux de la main de Rosine.

— Tiens, je crois qu'il te sera plus utile qu'à moi.

— Merci, balbutia Rosine entre deux reniflements. Il est magnifique. C'est la première fois qu'on me fait un cadeau... Mais pourquoi un chapelet ?

— Pour que tu comptes les belles journées que tu as passées en associant chacune des perles à celles-ci. Ainsi, ces perles te sembleront encore plus précieuses et te prouveront que ces journées ont eu lieu. Chaque instant est unique. Si tu passes une mauvaise journée, dis-toi qu'elle ne reviendra pas. Il y en aura encore d'autres, et peut-être même des pires. Il y a plus d'épines que de roses dans un rosier après tout, non ?

— C'est vrai, dit-elle en essuyant ses larmes. Elle huma le chapelet et rouvrit de grands yeux en souriant de façon hésitante :

— Ça sent la rose !

Stanislas lui rendit son sourire :

— C'est du bois de rose, on l'appelle comme ça, justement à cause de son parfum. Si tu es triste, regarde ton chapelet et rappelle-toi tous les moments où tu as été heureuse.

Il se leva :

— Viens, il faut rentrer, on va se faire disputer. Mais j'expliquerai tout ça à l'institutrice.

Rosine le regarda s'éloigner, puis toucha à la première perle du chapelet, souriante, en pensant qu'un camarade lui avait enfin offert son amitié après toutes ces années. Elle décida qu'aujourd'hui serait la première journée de ce décompte des joies.

Après les cours, sœur Marie-Madeleine rangea les affaires de Stanislas, qui n'était pas revenu en classe. Elle fut impressionnée par la qualité de sa plume, alors qu'à peine trois semaines auparavant, elle avait pourtant bien vu qu'il ne savait ni lire ni écrire et qu'il était encore moins capable de nommer le président des États-Unis. Il semblait maîtriser aussi bien le français que l'anglais, comme s'il avait vécu aux États-Unis toute sa vie. Il n'aurait jamais pu faire d'aussi grands progrès en si peu de temps. De toute évidence, il n'avait vraiment pas sa place en première année. Elle remarqua que son pupitre contenait d'épais livres abordant l'arithmétique, la physique, la théologie et la philosophie. Elle n'en croyait pas ses yeux. Comment un gamin de douze ans pouvait-il avoir décidé par lui-même d'emprunter ces ouvrages complexes à la bibliothèque? De toute évidence, elle avait affaire à un surdoué. Elle songea au moyen d'aborder discrètement le sujet avec lui, dès qu'elle en aurait la possibilité…

***

En route vers le hangar, Stanislas entendit ce qu'il identifia comme étant les gémissements d'un bébé. Ceux-ci provenaient du fond d'une ruelle. Était-il le seul à entendre ces sons? C'est ce qu'il crut, en voyant tous les autres passants agir comme si de rien n'était. Stanislas décida d'aller jeter un coup d'œil à l'endroit d'où provenaient les pleurs. Il y avait là quantité de déchets dans lesquels des corbeaux et des mouettes essayaient de dénicher quelques rares morceaux de nourriture. Il trouva, enveloppé dans du papier journal, un bébé complètement nu et tellement petit que Stanislas se demanda s'il ne venait pas juste de naître. Il pleurait, mais faiblement. En le prenant dans ses bras, il constata qu'il était brûlant de fièvre. Observant avec plus de minutie le minuscule corps chétif, Stanislas vit qu'il s'agissait d'une petite fille. Il comprit immédiatement pourquoi elle avait été cruellement abandonnée dans cette ruelle.

En effet, hormis le chômage, un autre fléau effrayait les familles ouvrières de Lowell plus que tout au monde : la quarantaine. Cette procédure imposée avait pour effet d'isoler complètement dans son logement — et ce, jusqu'à ce que les autorités de la Ville en décident autrement — toute la famille d'un enfant souffrant d'une maladie contagieuse. En pareil cas, personne ne pouvait sortir pour aller au travail. C'était, pour ainsi dire, condamner toute cette famille à la famine, et la contraindre à l'isolement. Si un enfant, et particulièrement un bébé qui, de toute évidence, ne pouvait subvenir seul à ses besoins attrapait une maladie contagieuse et que les parents n'avaient pas les moyens de payer les honoraires d'un médecin, on préférait parfois s'en débarrasser avant qu'un inspecteur de la Ville ne le découvre ou qu'un voisin ne le dénonce. Si un inspecteur trouvait un malade non déclaré, la famille de celui-ci était condamnée à de lourdes amendes que, la plupart du temps, elle n'avait pas les moyens de payer. C'était alors la prison pour le chef de famille.

Cependant, compte tenu de l'âge du poupon, qui devait à peine avoir quelques jours, sinon quelques heures, une autre hypothèse plausible effleura l'esprit du garçon. Cette fillette aurait pu avoir été abandonnée par une mère célibataire, apeurée à l'idée qu'on la traite de pécheresse si elle décidait de garder son enfant.

Stanislas, poussé par une impulsion soudaine, décida d'emmener le bébé au hangar. Quand Mathias revint du travail, il fut étonné de voir Stanislas avec le bébé dans les bras.

— Qu'est-ce que c'est que ça?

— *Une âme naissante t'interpellera. Par son sacrifice sur la croix, elle te baptisera de son sang pur afin de te léguer son innocence. Son dernier soupir insufflera la vie à ceux qui en auront besoin, dans ce monde nouveau qui s'ouvre à nous. Ainsi commencera ta quête.* Voilà ce que maman nous a écrit dans sa lettre.

Je crois que c'est elle, l'âme naissante dont elle nous parlait, dit Stanislas.

— Comment peux-tu en être sûr ?

— Ce bébé n'a pas été mis sur mon chemin par hasard. Dès que je l'ai vu, j'ai compris que c'était par lui que nous allions recevoir notre baptême de sang.

— Qu'envisages-tu ?

— De réaliser le testament de notre mère tel qu'elle l'a écrit.

— Attends, là, tu délires ! Nous n'allons quand même pas…

— Il le faut, Mathias. Il le faut, dit-il en ramassant dans un coin du hangar des clous rouillés et un marteau qu'ils avaient réussi à subtiliser à leur propriétaire. Les deux garçons s'en servaient pour solidifier les planches de leur abri pour se protéger des grands vents.

— Tu ne penses quand même pas crucifier cette petite fille ? Je refuse ! Il faut la retourner à l'endroit où tu l'as trouvée.

— Tu ne comprends pas ! Elle n'a plus de famille ! Elle a été abandonnée ! Tout le monde se moque de son sort ! Elle mourra de toute façon! Regarde-la pleurer, regarde-la souffrir! Elle est condamnée, Mathias! Parce qu'elle sera sacrifiée pour le bien de Cétacia et de l'humanité, nous avons une chance de lui offrir la vie éternelle! Sinon, elle tombera dans les limbes! affirma Stanislas, si ému qu'il en avait pratiquement les larmes aux yeux.

— Arrête! Tu n'as sûrement pas plus envie que moi de tuer cette enfant, alors comment oses-tu me le demander?

— Pour le bien de papa. Ne comprends-tu pas, c'est ce que maman essayait de nous dire lorsqu'elle a écrit: *Son dernier soupir insufflera la vie à ceux qui en auront besoin, dans ce monde nouveau qui s'ouvre à nous.* Maman devait avoir pressenti que cet humain, qui avait été si bon et généreux à son égard, allait contracter cette terrible maladie. Elle se devait de prévoir un moyen de lui sauver la vie pour le remercier d'avoir élevé ses baleineaux. Tu ne vois pas que tu as devant toi cette âme naissante qui léguera, par son sacrifice, des poumons à papa pour remplacer les siens, infectés par la tuberculose? Que ces jeunes poumons neufs se transformeront éventuellement en branchies pour lui permettre de venir vivre dans notre palais, à Cétacia, avec nous, une fois notre mission accomplie? Avec leur savoir beaucoup plus avancé que le nôtre, les cétacés feront le nécessaire pour la transplantation! C'est le seul moyen de sauver papa, Mathias. Si l'on ne fait rien, de jour en jour, l'état de notre père se détériorera jusqu'à ce qu'il meure. Je crois qu'il n'en a plus pour bien longtemps.

Le cœur de Mathias battait la chamade. Il prit un moment pour réfléchir. Il constata que l'enfant était véritablement mal en point. Bien que ses pleurs aient cessé, ses faibles gémissements n'étaient pas signe d'une amélioration de son état de santé. Au contraire, sa respiration saccadée s'interrompait pendant de longs instants pour ensuite reprendre difficilement en un râle qui n'inspirait rien de bon. Ses yeux mi-clos laissaient apparaître des pupilles dilatées. Les spasmes qui secouaient irrégulièrement sa poitrine cessèrent tout à coup brusquement. Elle ne devait pas en avoir pour bien longtemps à vivre, à moins qu'elle n'ait déjà expiré son dernier souffle de vie, ce qui était tout à fait plausible, étant donné que son petit corps était totalement inerte. Mathias finit par acquiescer à la demande de son frère, se disant qu'après tout, l'enfant était condamnée à mourir, à moins que ce ne soit déjà fait.

— Dessine une croix sur le plancher, déclara Stanislas, à contrecœur, en tendant une craie blanche à son jumeau.

Lorsque Mathias eut terminé, Stanislas déposa le corps de la petite fille au centre de la croix. Mathias prit un clou ; il s'apprêtait à l'enfoncer dans la main droite du nourrisson. Il tremblait et des larmes roulaient le long de ses joues.

— Courage, Mathias… Tu te souviens, lorsque je t'ai dit que la force, c'était aussi d'être capable de vivre avec la mort sur sa conscience ? Nous devons être courageux ! Je vais planter le clou dans sa main gauche à l'aide de mon soulier, afin que tu ne supportes pas cette épreuve seul. Attention, on y va ; sinon, nous ne le ferons jamais.

Les deux gamins fermèrent les yeux et plantèrent leurs clous dans les mains de la petite fille qui n'eut aucune réaction. Ils firent la même opération sur ses petits pieds. Curieusement, aucun sang ne jaillissait de l'endroit où avaient été plantés les clous.

Mais l'horrible tâche était loin d'être terminée. Mathias, saisissant un vieux couteau de pêcheur qui avait servi à son père pour éventrer les poissons, demanda à Stanislas de le tenir avec lui. Ils le plantèrent dans le cœur du cadavre de l'enfant. À peine un petit filet de sang s'écoula de la blessure lorsqu'ils en retirèrent le couteau. Stanislas fit alors un signe de croix et se mit en position de prière. Il incita son frère à faire de même, par respect pour l'enfant.

— Seigneur, accueille cette petite fille à laquelle nous vouerons une éternelle reconnaissance pour nous avoir permis d'ouvrir les portes de notre royaume et de remplir de paix le cœur de tous les hommes et celui de tous les cétacés. Que ce sang pur apaise nos consciences, prononça solennellement Stanislas.

Tout en écoutant son frère, Mathias pensa, pour se rassurer, qu'ils n'avaient peut-être commis aucun meurtre, car au moment où furent posés leurs gestes, l'enfant avait déjà quitté ce monde; après tout, très peu de sang avait coulé des plaies, signe évident, selon lui, que le cœur du bébé avait cessé de battre. Malgré cela, il ne pouvait en avoir la certitude.

— Qu'avons-nous fait, Stan... Nous sommes peut-être des meurtriers, s'exclama

Mathias, tout à fait contrit, à moins que la pauvre enfant ne fût déjà morte avant que nous accomplissions notre forfait.

— Non, Mathias, ne dis pas cela. Pour que s'accomplisse la prophétie de maman, il faut qu'elle ait vécu jusqu'à ce que nous-mêmes l'ayons délivrée de son triste sort. Que vaut la vie d'un seul enfant contre celle de tous les êtres vivants ? Un tel sacrifice était nécessaire afin que nous puissions commencer notre mission divine.

— Je ne te reconnais pas, on dirait que tu prends ça à la légère. Stan, nous venons peut-être de tuer un nourrisson ! Pas un ver de terre !

— Tu te trompes, Mathias. J'ai autant de peine que toi, mais pense à papa, pense à notre nouvelle vie, pense à ce monde de paix que nous préparons pour tous les enfants qui ne sont pas encore nés !

— Moi, j'ai des doutes. Papa n'aurait jamais accepté que nous tuions un enfant pour le sauver. S'il venait à l'apprendre ! Que penserait-il de nous ? Non, Stan, nous avons commis une erreur, je le sens ! affirma-t-il nerveusement, regrettant visiblement son geste.

— Maman nous avait avertis que ce serait difficile… Très difficile pour nous… Rappelle-toi sa lettre : *Tu auras l'impression de régresser et de perdre ta conscience, mais il le faut pour obtenir rédemption. Tu feras souffrir ceux qui t'entourent, mais le cœur qui souffrira le plus, ce sera le tien.*

Stanislas se releva et saisit leur courte-pointe. Il recouvrit le cadavre du bébé. Mathias sortit son harmonica et fit tout son possible pour jouer l'air que son père leur avait fait écouter, comme s'il voulait rendre hommage à l'enfant. À mesure que les notes sortaient de l'instrument, le cœur de Stanislas se remplissait également de remords ; peut-être que son frère avait raison. Le bébé était peut-être déjà mort au moment du sacrifice… Auquel cas il faudrait tout recommencer. En auraient-ils le courage ?

Mais non, le bébé était bel et bien vivant, il fallait qu'il le soit. Sinon, pourquoi aurait-il été mis sur son chemin ? Rien n'arrive par hasard, se répéta-t-il. Si Mathias semait des doutes, il faudrait absolument les chasser.

Il appuya mélancoliquement sa tête contre l'épaule de son frère, puis il ferma les yeux pour se recueillir. Les notes qui provenaient de l'harmonica réussissaient, malgré tout, à le réconforter.

Chapitre VII

L'ange gardien

De jour en jour, la relation entre les jumeaux s'envenimait. Mathias revenait du travail si tendu qu'un rien pouvait le faire sortir de ses gonds. Il ne cessait de crier après Stanislas ou de le bousculer. Ce dernier avait beau essayer de plaire à son frère et de se rendre utile, soit en allant faire la lessive chez une voisine, ou en raccommodant ses vêtements ou encore en astiquant ses bottines jusqu'à ce qu'elles brillent, Mathias restait désagréable avec lui. Stanislas ignorait si ce changement de comportement était dû à la mort du nourrisson ou à la tâche de son frère à la fabrique, mais il avait remarqué l'apparition de nouvelles lésions sur le corps de celui-ci et de profonds cernes de fatigue sous ses yeux. Ses saignements de nez étaient même devenus fréquents. C'est pourquoi il sentait le besoin d'évacuer, le soir venu, la rage qu'il refoulait toute la journée. Stanislas l'avait une fois surpris nu et avait été sidéré de constater à quel point il avait maigri. On voyait saillir ses os, tant ses muscles avaient fondu. Ces preuves d'épuisement incitèrent Stanislas à trouver le plus rapidement possible le moyen d'accomplir leur mission, afin de faire cesser le martyre de son frère.

Le moment de la semaine où Mathias retrouvait sa bonne humeur était le dimanche, sa seule journée de congé. Hélas ! dès le déclin du jour, sa gaieté s'en allait à mesure que baissait le soleil.

Les lundis matin étaient toujours pénibles pour Mathias. Il percevait comme un long calvaire les six jours qui le séparaient du prochain congé, ce qui ne l'incitait pas à se lever. Aujourd'hui, en ce début d'août, un soleil de plomb se pointait, annonçant une superbe journée chaude et sans nuages. Quelques semaines auparavant, Mathias aurait sauté de joie, car il en aurait sans doute profité pour jouer à l'extérieur, mais ce matin torride signifiait qu'il allait étouffer tout au long de l'après-midi dans la fabrique mal aérée. Mathias prit une grande respiration, s'habilla, puis partit affronter cette toute nouvelle journée de labeur qui l'attendait.

Il s'arrêta un moment devant l'église Saint-Jean-Baptiste et observa certains croyants au regard terne et malheureux qui y pénétraient pour prier. Lorsqu'il aperçut le curé Cadoret, sur le perron, accueillant les fidèles, il se cacha à l'abri de la statue de la Sainte-Vierge qui ornait la façade. Il était beaucoup trop fier pour admettre que son ancienne vie de servant de messe lui manquait. Il y avait une autre raison à cette réserve : depuis qu'il avait sacrifié la vie de cette petite fille, il avait l'impression que tout le monde était au courant de son crime. Il se sentait si honteux qu'il était incapable de regarder qui que ce soit dans les yeux. Il leva la tête et observa le visage de la dame de pierre qui lui souriait. Elle semblait si aimante et si accueillante avec ses bras ouverts ; elle semblait l'inviter à venir vers elle, et il ne put s'empêcher de lui retourner son sourire. Dire que quelques mois plus tôt, il lui avait méchamment tracé, avec de l'encre, des lunettes et une moustache pour énerver le curé Cadoret ! Quelques lignes étaient d'ailleurs encore apparentes.

Je me demande comment j'ai pu être assez stupide pour te faire une telle chose. J'étais si enfantin à l'époque ! Franchement, vouloir vandaliser un aussi beau visage! Je me demande si maman avait un aussi beau sourire que le tien. Qu'est-ce que ça fait, d'avoir une mère? J'aurais tant aimé en avoir une pour qu'elle me serre dans ses bras, m'embrasse, me console lorsque j'avais de la peine et me gronde lorsque j'avais été un vilain garnement! Je me moque qu'elle ait été une reine. Si elle avait été une servante, j'aurais été tout aussi heureux, pourvu qu'elle ait été en vie pour être près de moi. Il étira le bras pour caresser le visage de la statue, puis lui dit au revoir.

Il regarda autour de lui en espérant que la voie était libre, car chaque matin, une calamité le guettait : depuis que Pat savait qu'il travaillait dans une fabrique, il ne cessait de lui jouer de sales tours sur le chemin menant à *Boott Cotton Mills*. À cause de lui, il était même déjà arrivé en retard un matin. Pour le punir, Dominico lui avait fait boire trois bouteilles de bière de force, jusqu'à ce qu'il soit malade, complètement saoul. Il ne pouvait se permettre un autre retard. Lorsqu'il passait dans les ruelles, il regardait attentivement au-dessus de sa tête à chaque pas. Comme Pat avait l'habitude de se tenir sur les toits, en raison de son métier, il savait qu'il pouvait l'espionner de là-haut ou, pire, l'attendre patiemment pour lui lancer des projectiles. Il lui avait déjà envoyé une balle de baseball si vigoureusement qu'elle lui fait une grosse bosse sur le crâne. Il était si concentré à regarder les toits des maisons qu'il n'aperçut pas la corde tendue exprès pour le faire trébucher. Il perdit l'équilibre et tomba à plat ventre.

— Vite, Barnaby, retiens-le! Il ne faut pas qu'il nous échappe, cette fois! ordonna Pat à son camarade qui dégringola du toit en glissant sur une échelle avant de s'asseoir de tout son poids sur le dos de Mathias.

Pat, accompagné d'autres garçons — sans doute ramoneurs comme lui — descendit sur la chaussée.

— *Fat*, espèce de gros lâche! Au lieu de me tendre des pièges, stupides, viens te battre contre moi, si tu es un homme! lança Mathias pour le défier, en tentant de repousser la masse qui le clouait au sol.

— Des pièges, stupides, hein? Alors, si tu tombes dedans, c'est que tu dois l'être, stupide! Et après, ça se prend pour l'homme le plus fort du monde! Si tu savais, par contre, comme je suis heureux que tu te sois enfin décidé à travailler comme nous, petit têtard gâté. Alors, ça te plaît de te lever à quatre heures du matin ? Tu sais maintenant ce que je dois endurer depuis un bon moment déjà, pendant que toi, tu t'amusais. Crois-moi, tant que je serai là, tu peux compter sur moi pour commencer tes journées du mauvais pied !

Avec l'aide de ses deux camarades, il le retourna à plat ventre dans une flaque de boue. Il sortit ensuite une grenouille verte qu'il gardait dans un seau. La bestiole fixa Mathias de ses gros yeux globuleux. Elle n'était pas plus grosse qu'un poing et de petites taches noires parsemaient son corps, tel celui d'un léopard. Pat souleva la ceinture du pantalon du jumeau pour glisser la grenouille à l'intérieur. Mathias se tortilla pour essayer de la faire sortir, tandis que la bestiole coassait et gigotait dans son entrejambes. Les garçons se tordaient de rire, tout comme certains voisins qui, attirés par les cris, observaient la scène de leurs fenêtres.

— Allez, *frog*, on te laisse faire connaissance avec ton nouvel ami ! Entre compatriotes, vous allez bien vous entendre ! dit Pat en riant aux éclats avant de remonter sur le toit, suivi de ses camarades.

— Maudit *Fat*, je vais finir par te rendre la monnaie de ta pièce un jour ou l'autre ! cria Mathias en récupérant la grenouille qui se débattait maintenant dans sa main. Il la jeta violemment par terre.

Tout à sa hargne, il rattacha sa culotte sans remarquer que la grenouille se faufilait dans son baluchon.

Arrivé de justesse à *Boott Cotton Mills* où l'on s'apprêtait déjà à verrouiller les portes pour ne plus laisser entrer ou sortir personne, il décela instantanément les regards moqueurs qui se posaient sur ses vêtements trempés et boueux. Il venait à peine de mettre le pied dans l'établissement et de pointer sa carte de temps que ses collègues de travail irlandais se mirent à imiter le coassement des grenouilles. Mathias essaya d'ignorer les insultes dont on le bombardait. De toute façon, il avait peine à les entendre en raison du bruit lourd et omniprésent de la machinerie.

Il avait besoin de garder toute sa concentration pour effectuer sa tâche. Un seul petit faux pas et il pouvait se faire écraser la main par les énormes rouleaux à fils. C'était d'ailleurs arrivé la semaine précédente à un garçon qui travaillait juste à côté de lui. Il ne voulait surtout pas subir le même sort.

Il ne savait jamais sur quel pied danser ; son contremaître lui criait de s'activer et de travailler mieux, alors que les ouvriers le menaçaient pour qu'il ralentisse la cadence. Si le jumeau travaillait vite, eh bien, cela allait leur nuire, car bien qu'ils auraient pu en faire plus, les ouvriers s'étaient secrètement entendus pour respecter un certain rythme de production qui leur permettait de régler, à leur convenance, la cadence infernale de la machine. Les Canadiens français étaient les seuls qui n'adhéraient pas à cette manœuvre et, encore une fois, Mathias en faisait les frais.

À midi, une cloche annonçait la seule pause de la journée, très attendue, la pause-repas, à laquelle les employés avaient droit avant de reprendre le travail à midi cinquante. Chaque minute de cette heure bénie était précieuse pour tous. Certains pique-niquaient à l'extérieur, d'autres préféraient s'installer dans les allées et manger en se racontant des histoires ou des anecdotes, ou encore chanter des chansons du vieux folklore irlandais. Mathias, plutôt sociable, aurait bien aimé participer à leurs activités, mais on ne l'invitait que rarement et encore, c'était pour le ridiculiser. Parfois, certains enfants d'ouvriers, dont la mère restait au foyer, venaient sur l'heure du dîner à la fabrique, apportant des soupes et des bouillis qu'ils vendaient sur place. Mathias ne pouvait pas profiter de ces repas chauds, à l'instar de ses compagnons, puisqu'ils augmentaient injustement le prix pour les Canadiens français, comme leurs parents le leur avaient ordonné. Il apportait donc son repas.

Ce midi-là, il s'installa sur le bord d'une fenêtre pour observer, avec envie, quelques jeunes enfants en train de jouer au ballon à l'extérieur. Il commença à déballer son baluchon pour prendre son repas lorsqu'il sursauta à la vue des deux énormes yeux jaunes qui le fixaient.

— Encore toi? Tu vas me ficher la paix à la fin, satanée grenouille! Fous le camp de mon sac ou je t'écrase! Tu m'as assez ridiculisé comme ça, dit-il en tirant l'amphibien sur le sol.

Il commençait à engloutir son déjeuner quand il s'aperçut que la grenouille restait là, devant lui, sans bouger, gonflant et dégonflant sa gorge en toute quiétude.

— Qu'est-ce que tu as? Pourquoi tu ne te sauves pas? Allez, saute, ou sinon, je te tue! Je te laisse trois secondes, dit-il, le pied levé, prêt à l'écraser.

Mais il reposa son pied. *Tu parles d'une histoire. J'ai tué un bébé, mais j'ai de la difficulté à tuer un misérable petit batracien de ton espèce. C'est bizarre, mais si je t'écrasais, j'aurais l'impression de faire comme ces maudits Irlandais avec moi.*

Il avait capturé beaucoup de grenouilles, lorsqu'il était plus jeune; il savait qu'elles étaient farouches et prêtes à bondir au moindre signe de danger. Attiré par le comportement inhabituel de la bestiole — elle ne bronchait toujours pas —, il s'en approcha pour l'observer de plus près. Elle avait une patte arrière cassée, ce qui limitait ses déplacements.

— Voilà donc pourquoi tu sembles si docile! C'est sans doute moi qui t'ai blessée à la patte quand je t'ai lancée. J'étais si en colère que je n'y suis pas allé de main morte. Vraiment désolé! Si je te laisse ici, c'est sûr et certain que tu mourras, et si je te retourne dans la nature, tu te feras sans doute manger! Alors, pourquoi ne pas rester avec moi? Tu sais, je me sens très seul ici. Personne ne vient me parler. J'ai même parfois l'impression que les autres Canadiens français m'évitent pour ne pas avoir de problèmes. Je suis sûr que tu ferais une bonne compagne! Peut-être que cet idiot de *Fat* avait raison après tout : entre *frogs*, on pourrait bien s'entendre ! Sans parler que tu nous seras très utile, puisque tu nous débarrasseras de tous ces insectes qui vivent dans notre hangar. Avec tous ces cafards, ces perce-oreilles, ces mites et ces araignées, tu ne risques pas de mourir de faim. Je sens qu'on va bien s'amuser ensemble !

Il prit délicatement la grenouille dans ses mains avant de la déposer dans la poche droite de son veston.

L'après-midi, la routine reprit de plus belle. Tous les ouvriers étaient retournés à leur tâche respective. Mathias nettoyait une bobine quand un cri résonna soudain dans la bâtisse. Un homme venait de se coincer les doigts dans l'engrenage d'une machine en l'huilant.

— *Help me ! Help me ! Help me !* hurlait le blessé en détresse.

Mais tout le monde continuait de travailler ; comme si ce genre d'événement était si courant que personne ne s'y intéressait plus.

— *Help !* s'époumonait l'ouvrier en tirant de toutes ses forces sur ses doigts qui s'enfonçaient dans les engrenages au rythme de la machine.

Les os de ses doigts craquaient.

Ne pouvant supporter davantage l'attitude des autres travailleurs, Mathias se précipita en bousculant les travailleurs au passage. Il arrêta la machine, et sortit la main ensanglantée de l'homme. Les os devaient être brisés en plusieurs endroits.

— Hé! qu'est-ce qui se passe! Pourquoi la production s'est arrêtée? protesta Dominico Moretti, avec son lourd accent italien, en se dirigeant rapidement vers le lieu de l'accident.

Le levier qu'avait utilisé Mathias avait arrêté toute la machinerie à proximité, laissant la fabrique dans un silence anormal :

— C'est toi qui as fait ça, morveux? J'aurais dû m'en douter! Il n'y avait que toi pour commettre un acte aussi bête et aussi irresponsable! gronda le contremaître. Il empoigna solidement le bras de Mathias.

— *Signor* Moretti, il aurait perdu toute sa main si personne n'était venu l'aider!

— Personne ne te l'a demandé! Ton rôle est de rester à ton poste, quoi qu'il arrive. Je serais intervenu si c'était devenu *trop grave*!

Tu n'étais pas autorisé à arrêter la machinerie !

— Qu'est-ce qui est trop grave pour vous ? Il aurait fallu attendre que son bras au complet soit pris dans l'engrenage, peut-être ?

— Petit effronté ! Ce n'est pas toi qui vas me dire comment faire mon travail ! J'ai passé vingt-deux ans de ma vie à recevoir des ordres ! Ça me suffit ! dit l'autre en le poussant violemment contre une machine.

Puis, le contremaître s'avança vers l'ouvrier blessé et lui demanda de lui montrer sa main. Moretti ordonna à un autre ouvrier de lui faire un pansement.

— Ça va, tu ne sembles pas avoir besoin qu'on t'ampute la main. D'ici quelques semaines, ça devrait aller déjà mieux, dit-il sèchement, avant de se retourner vers les groupes d'ouvriers immobiles :

— Et vous, au lieu de nous épier, rendez-vous utiles et faites repartir la machinerie ! On a un retard à combler ! On ne vous paye pas à ne rien faire ! Quant à toi, morveux, je veux que tu restes après ton quart de travail pour laver le plancher en guise de punition. Ça va peut-être te faire réfléchir à ton comportement

insolent. Ce n'est pas un petit Canadien français sans âme et sans identité qui va me
marcher sur la tête !

— Oui, *signor* Moretti, balbutia Mathias,
la tête basse, avant que Dominico ne poursuive
sa tournée de surveillance dans une autre
rangée.

« *Un petit Canadien français sans âme et
sans identité.* » *Il ne s'est pas regardé, ce foi-
reux d'Italien qui a vendu son âme aux
Américains.*

Il se releva en se frottant la nuque, puis se
rendit auprès de l'ouvrier qu'il venait de
sauver. L'homme regardait fixement sa main
blessée.

— Ça va aller ? demanda Mathias.

À son grand étonnement, l'homme lui
adressa un regard furieux, puis lui donna un
coup de poing au visage.

— Sale gosse ! Pourquoi tu as fait ça ? dit
l'homme en colère.

— Je ne comprends pas. Vous devriez être
plutôt heureux que vos doigts s'en soient plutôt
bien tirés ! Ça aurait pu être bien pire, vous
savez ! dit Mathias en se tenant la joue, l'air
confus.

— Ça prend bien un crétin de *frog* pour raisonner ainsi! Au point où j'étais rendu, tu ne comprends pas que j'aurais préféré que mes doigts soient amputés? Ainsi, j'aurais peut-être eu droit à une indemnité de la part de la compagnie! Là, je me retrouve à devoir prendre un congé sans solde, de force! Ma femme vient de mettre au monde un enfant! Comment je vais faire pour subvenir à leurs besoins, maintenant? Qui te dit que monsieur Moretti voudra me reprendre après ma guérison? Je ne sais pas ce qui me retient de t'étriper! cria-t-il, furieux, avant de quitter la fabrique.

Mathias retourna à son travail, chagriné et perplexe. Il ne comprenait pas comment on ne pouvait pas être heureux d'avoir échappé à un tel accident. Il aurait apprécié un peu de gratitude. Surtout que son acte lui avait valu une punition injustifiée. Il espérait que Dominico ne le retiendrait pas trop longtemps.

Lorsque résonna la cloche annonçant la fin du quart de jour, la plupart des ouvriers ramassèrent leur baluchon et retournèrent chez eux sans se faire prier. Mathias aurait bien aimé les suivre pour se sauver de sa corvée, mais il savait que ça aggraverait son cas.

— Alors, tu es prêt à te mettre au travail, *bastardo*? demanda Moretti en laissant tomber un seau d'eau et une brosse devant lui.

Mathias se mit au travail en hâte pour finir le plus rapidement possible. Même en se dépêchant, il en avait pour un minimum de trois heures à astiquer la totalité du plancher de cet étage. Il s'accroupit donc à quatre pattes pour le frotter avec vigueur, jusqu'à en avoir mal au dos. L'eau savonneuse était terriblement chaude, comme si Dominico Moretti avait voulu qu'il se brûle, chaque fois qu'il mettrait la main dans le seau.

— J'ai entendu dire que c'est toi qui jouais le saint patron des Canadiens français lors votre minable petite fête nationale! lâcha le contremaître, tout en allumant un cigare, même s'il était absolument défendu de fumer à l'intérieur de la fabrique.

— Oui, se contenta de répondre Mathias.

— C'est un peu comme si tu représentais, en quelque sorte, tous les Canadiens français. Un genre de porte-parole pour ton pauvre peuple, finalement, dit l'autre en se pliant pour lui souffler la fumée de son cigare au nez.

— C'est pour ça que vous me détestez, *signor* Moretti ?

— Peut-être.

— Alors, pourquoi ne pas m'envoyer travailler dans le secteur des Canadiens français ? Comme ça, je serais dans les pattes d'un autre contremaître !

— Pourquoi ? Tu n'es pas heureux avec moi ? Quand tu t'es présenté au directeur de la production, tu as affirmé que tu serais prêt à faire n'importe quoi pour la fabrique si on t'engageait pour remplacer ton père, le temps qu'il guérisse. Tu as changé d'idée ? Moi, j'ai envie de te garder. Allez, tu réfléchis trop, prends une petite pause et fume un peu, ça va te détendre, dit-il en rentrant un cigare de force dans la bouche de Mathias. Il l'alluma, puis ferma la mâchoire du garçon pour l'obliger à avaler ce qu'il inhalait.

— Quand j'étais plus jeune, je faisais fumer les grenouilles pour les faire exploser. C'est dommage qu'on ne puisse pas en faire autant avec vous, dit-il en ricanant et en relâchant enfin la mâchoire de Mathias, qui ne put se retenir de vomir sur le plancher qu'il venait de nettoyer.

— Qu'est-ce que vous avez contre nous, à la fin ? Ce n'est… Ce n'est pas parce que quelques Canadiens français vous ont peut-être déjà fait du tort dans le passé que nous sommes tous comme eux, dit-il péniblement en s'essuyant la bouche avec sa manche.

— C'est là que tu te trompes. Je vous ai assez côtoyés pour me rendre compte que vous êtes tous les mêmes. Un peuple ingrat, hypocrite, bête et abruti, qui n'est qu'une erreur de parcours et qui n'aurait jamais dû exister. D'ici quelques décennies, vos descendants oublieront tout de vous. Ils seront des citoyens américains ; ils se seront mélangés à la masse et le monde continuera de tourner. Tu appartiens à un peuple insignifiant et sans intérêt ! Tous les efforts que vous faites pour survivre ne sont motivés que par des illusions ! À quoi sert de continuer votre lutte quand vous savez qu'elle est perdue d'avance ? Tout le monde vous hait, à part, bien sûr, ceux qui font de l'argent sur votre dos.

— Vous croyez que les Italiens sont mieux ? Vous êtes des catholiques, vous aussi ! Les WASPS vous détestent autant que nous ! Et puis, si vous avez pris la peine de traverser l'océan pour vous établir aux États-Unis, ce n'est certainement pas parce que votre pays était mieux que le Canada, comme vous semblez le prétendre! répliqua Mathias, qui ne pouvait plus retenir sa frustration.

Avec un grondement enragé, Dominico lui plongea la tête dans l'eau du seau.

— Crois-tu que c'était sincèrement le choix de mon père d'immigrer ici? Il y a longtemps que j'ai renoncé à ma foi catholique et que je suis devenu Américain à part entière! Ne me parle plus jamais sur ce ton! Je suis ton contremaître! Tu me dois respect et obéissance! Contente-toi d'être mes bras, je vais m'occuper d'être ta tête! *Capiche*? cracha-t-il en postillonnant, tandis que Mathias protégeait son visage endolori et rougi par la chaleur.

— Oui, *signor* Moretti…

— Maintenant que je suis parvenu à devenir contremaître, crois-tu que je vais me priver de me venger de ce que j'ai dû subir à cause de vous? On m'a volé mon enfance, moi! C'est pourquoi je déteste les sales mioches dans ton genre qui ont tout cuit dans le bec. Attends d'être contremaître à ton tour pour pouvoir en faire autant!

— Oui, *signor* Moretti, se contenta de répéter Mathias.

— Au fait, avant que je ne parte, j'ai remarqué que tu avais laissé une grosse tache là, dit-il en pointant le plancher avec sa botte. Mathias s'approcha pour mieux voir.

— Pardonnez-moi, *signor* Moretti, mais je ne vois rien, répondit-il, le nez presque sur le plancher.

— Tu es aveugle ou quoi?

Sans avertissement, Dominico lui donna un violent coup de pied au visage.

— Je parlais de toi! C'est toi, la tache, ici! Je veux que ce plancher brille, tu m'entends? Tu y travailleras toute la nuit s'il le faut, mais je veux que ce soit parfait pour mon retour, demain matin! Le contremaître s'en alla en faisant claquer ses pas sur le plancher.

Mathias continua de frotter. Il tremblait. Il avait mal partout. Il ne savait pas s'il ressentait de la colère ou de la tristesse. Il reniflait, mais aucune larme ne voulait couler. Seul le coassement de son nouvel ami lui donnait un peu de courage.

— Papa, tu me manques tellement, murmura-t-il. Guéris vite, je t'en prie, ne pouvait-il s'empêcher de murmurer.

Sur ces mots, il s'effondra sur le sol tant la fatigue avait grugé sa volonté. Lorsqu'il rouvrit les yeux, il s'aperçut avec horreur que le soleil était tout juste en train de se coucher ; il devait être autour de neuf heures du soir.

— Oh ! non ! Je ne finirai jamais à temps !

Puis, il regarda autour de lui, stupéfait : tout resplendissait de propreté, comme si quelqu'un avait nettoyé le plancher à sa place.

Il toucha ensuite son front et s'aperçut qu'on lui avait posé un bandage humide autour de la tête pour apaiser les boursouflures qu'avait causées l'eau bouillante.

— Qui a pu faire ça ? demanda-t-il, étonné, en regardant partout autour de lui. Ça ne peut quand même pas être toi… À moins que… Non, c'est impossible, fit Mathias, en fixant sa grenouille d'un air sceptique.

Un ange était-il venu lui donner un coup de main pendant son sommeil ? Sur le sol, en tout cas, il y avait quelques longs cheveux roux, trop longs, qui n'appartenaient sûrement à

aucun des ouvriers. Venaient-ils de ce mystérieux ange gardien ? Mathias voulait absolument découvrir l'identité de son bienfaiteur. Si
quelqu'un avait véritablement eu la gentillesse
de lui venir en aide, cela signifiait qu'il avait
au moins un allié parmi ses bourreaux.

Chapitre VIII

Dernier jour d'école

Mathias présenta son nouveau compagnon à Stanislas, qui l'adopta avec grand plaisir, bien que celui-ci se rendit bien compte que son frère devait se sentir bien seul pour se lier d'amitié avec une telle bestiole. Mathias la traitait avec tant d'affection et de délicatesse qu'on aurait pu croire qu'il avait perdu le nord. Pour lui faire plaisir, Stanislas apporta un vieux bocal de verre qu'il avait trouvé parmi des déchets et il y versa de l'eau pour faire une « maison » à la grenouille. Puis, ils se creusèrent les méninges pour trouver un nom au batracien. Mathias proposa d'abord Louis, pour Louis Cyr, son héros, mais c'est finalement l'idée de Stanislas qui fut retenue ; il proposa Saint-Laurent, en hommage au fleuve qu'ils aimaient tant.

Depuis l'arrivée de Saint-Laurent dans sa vie, Mathias avait retrouvé son sourire. Il avait enfin un ami à qui se confier, qui ne risquait pas de le juger, et encore moins de répéter ses confidences à qui que ce soit. Et il y avait cet ange gardien inconnu... Il était intervenu à plusieurs reprises : lorsque Dominico avait confisqué le déjeuner de Mathias, un morceau de pain s'était retrouvé sur le bord de la fenêtre, là où il avait l'habitude de manger. Quand on l'avait injustement accusé du bris d'une machine, celle-ci avait été réparée comme par magie le lendemain ; et, lorsque des employés lui avaient volé sa bourse, il avait trouvé soixante-cinq cents sur le plancher. Il avait essayé de repérer tous les ouvriers roux de la fabrique, mais jusque-là, aucun d'eux ne pouvait correspondre à l'image de son ange : ils avaient les cheveux assez longs, mais ils étaient bien trop méchants envers lui.

**

Pendant ce temps, à l'école, depuis que Rosine et Stanislas avaient eu leur petite discussion, les deux enfants s'étaient rapprochés. Grâce à la précieuse aide de Stanislas, Rosine avait fait beaucoup de progrès. Ses résultats scolaires s'étaient améliorés, ce qui lui avait permis de passer en quatrième année. En outre, les autres élèves n'osaient même plus la harceler, de peur de se mettre Stanislas à dos : il était devenu la coqueluche de l'école. Hormis Violette, la plupart des élèves invitaient maintenant Rosine à se joindre à leurs jeux et à leurs activités. Même sœur Marie-Madeleine n'était plus la même institutrice rude et sévère à son endroit.

Les cheveux de Rosine avaient suffisamment repoussé pour qu'elle se coiffe de courtes nattes qui se balançaient de chaque côté de sa tête. Elle semblait si radieuse qu'on oubliait l'œil au beurre noir que lui avait fait son père lors de sa dernière beuverie.

En fin d'après-midi, après l'école, Stanislas s'installait avec Rosine sous un grand érable ; ils apprenaient leurs leçons et rédigeaient leurs devoirs. Ce petit moment partagé était surtout prétexte à discuter de tout et de rien. Rosine adorait que Stanislas lui parle de son village natal. Contrairement à lui, elle était née aux États-Unis et avait vécu toute son existence à Lowell. Elle n'avait jamais vu l'océan ni le fleuve Saint-Laurent, et encore moins le rocher Percé, la huitième merveille du monde selon Stanislas. Elle rêvait du jour où elle pourrait visiter la terre de ses ancêtres. En attendant, elle fermait les yeux et s'imaginait navigant sur *La Sirène Bleue* avec Stanislas en guise de capitaine. Les histoires de son passé étaient si bien décrites qu'elle avait l'impression de pouvoir humer les brises de la mer, d'entendre le chant des baleines murmurer son nom et de voir les vagues s'échouer tranquillement sur les rives.

Stanislas ne put s'empêcher de lui parler de Cétacia, même s'il avait interdit à son frère d'en parler à qui que ce soit. Il lui précisa qu'il s'agissait d'un conte qu'il était en train d'écrire dans ses temps libres. Il lui montra les croquis qu'Herman Melville avait faits de Cétacia. Il commença par les nombreux dessins de cétacés. Il lui montra ensuite quelques paysages féériques du royaume. Les dessins du palais royal, situé au centre de cette cité marine, émerveillaient Rosine : il y avait trois grandes tourelles qui semblaient entourées d'un immense jardin d'anémones.

— Il est si beau ! On dirait qu'il a été fait en cristal. Ce serait merveilleux si Cétacia existait vraiment ! Ce royaume a l'air si paisible. Je me l'imagine bien, dans ma tête. Tous ces dauphins qui valsent joyeusement dans l'eau, et ces enfants bélugas qui jouent dans des champs de fleurs avec les poissons… Un véritable paradis sous-marin. Tu crois que si je pouvais respirer sous l'eau, le prince des cétacés m'accepterait dans son royaume ? Ça semble tellement mieux que sur la terre ferme, dit-elle d'un ton rêveur en griffonnant sur son ardoise avec une craie.

— Bien sûr qu'il t'accepterait ! Il enverrait *le Caudal* à la surface, exprès pour t'emmener !

— *Le Caudal* ? Qu'est-ce que c'est ?

— C'est un vaisseau gigantesque qui permet de faire la navette entre le fond de l'océan et la terre ferme. Il a la forme d'une queue de baleine, d'où son nom, et il fonctionne à la vapeur. Il est mille fois plus rapide que les trains que nous connaissons ! La distance séparant nos deux mondes est beaucoup trop grande pour être franchie à la nage, même pour un cétacé. C'est grâce au *Caudal* qu'ils ont pu nous visiter dans le passé. Les cétacés auraient même réussi à atteindre la Lune avec ce vaisseau et à coloniser d'autres planètes ! Malheureusement, depuis que les cétacés possèdent des poumons, ce vaisseau est inutilisé. Il doit être quelque part sous l'eau, rouillé et couvert de mousse.

— J'espère, au nom de son peuple, que le Messie arrivera à retrouver les fameuses branchies, un jour. C'est tellement triste, ce qui est arrivé aux cétacés. Ça doit être horrible de ne pas avoir de chez-soi et d'être obligé d'errer tout le temps dans ce vaste océan. C'est un peu comme nous, les Canadiens français de Lowell, on n'a plus de pays à nous, et Dieu sait comme c'est pénible de n'être jamais chez soi nulle part. Elle soupira en fermant les yeux. Continue de me parler de Cétacia, s'il te plaît.

Stanislas ouvrit donc le petit journal de bord et commença à lui lire une page au hasard.

La Grande Baleine Bleue veillait sur son peuple, comme s'il s'agissait de ses propres enfants. Tous ses sujets étaient plus importants que ne l'était sa propre vie. Jamais elle n'aurait accepté que l'un d'entre eux souffre ou soit malheureux. De toute façon, était-il possible de l'être, à Cétacia? Véritable lieu utopique aux yeux des hommes, c'était pourtant là l'endroit qui ressemblait le plus à l'Éden qu'ont connu Adam et Ève. La misère n'existait point dans ce monde qui vivait au rythme des marées. Qu'il fût né narval ou épaulard, aucun cétacé ne se considérait supérieur à l'autre. Ils s'entraidaient et travaillaient ensemble, comme des frères.

Selon les Taïpis, nous avons encore beaucoup à apprendre d'eux. Ils nous ont peut-être légué leur savoir, mais nous sommes bien loin de les égaler. Si seulement la soif de domination ne leur était pas montée à la tête lorsqu'ils ont joué les missionnaires. Nous aurions pu profiter de la prospérité des cétacés. Hélas ! Ils ne sont pas à l'abri du vice, qui se cache même dans l'âme la plus pure et la plus parfaite de ce monde.

Physiologiquement, les cétacés diffèrent beaucoup de nous. Par exemple, ils n'utilisent pas la parole pour communiquer entre eux, mais plutôt les ultrasons ; leur mode de communication est aussi appelé écholocalisation. C'est comme s'ils pouvaient arriver à lire et à émettre des pensées. Ils utilisent également l'écholocalisation en guise de sonar afin de se repérer dans le vaste océan.

Stanislas interrompit sa lecture lorsqu'il s'aperçut que Rosine s'était assoupie. L'ardoise qu'elle tenait entre ses mains avait glissé dans l'herbe. Il la ramassa. Elle avait dessiné le jumeau avec une couronne sur la tête.

— Lorsque tu me parles du prince des cétacés avec tant de tendresse, je ne peux m'empêcher de penser qu'il te ressemble. Je ne peux m'imaginer un autre visage que le tien. Je suis vraiment désolée, j'étais trop gênée de te le montrer, murmura-t-elle.

Elle avait ouvert les yeux et regardait Stanislas.

— Rosine…

— Tu sais, je ne te remercierai jamais assez de m'avoir sauvé la vie. Tu m'as empêchée de faire une grosse bêtise. Je n'aurais jamais pu voir ce si bel océan dans tes yeux ni entendre ces belles histoires à propos de Cétacia. Je crois qu'elles ont fait pousser la première rose du rosier que tu as planté dans mon cœur. Tu m'excuseras d'être aussi brusque, mais il faut que je te le dise… Je crois que je… balbutia-t-elle, les larmes aux yeux.

Stanislas sentait qu'elle allait lui avouer sa flamme. Avant qu'elle n'ouvre la bouche, il lui coupa la parole.

— N'en dis pas plus. Je t'aime aussi, Rosine, mais…

— Mais quoi?

— Je suis désolé, Rosine, mais ça nous serait impossible, même si j'éprouve des sentiments pour toi.

— Que racontes-tu ?

— Lorsque je suis arrivé à Lowell, quand j'étais plus jeune, j'ai fait une terrible erreur en croyant bien faire. Cependant, aujourd'hui, je le regrette, car je m'aperçois que je ne pourrai sans doute jamais savoir ce qu'est l'amour ni même savoir ce qu'est être amoureux. Il paraît que c'est merveilleux. Il n'y a qu'à te regarder pour le constater, dit-il tristement.

— Quelle est donc cette erreur ? Je pourrais t'aider à la réparer ?

— Je ne peux pas en parler, mais dis-toi que mon cœur est prisonnier d'une cage de fer. C'est tout ce que je peux te révéler pour le moment. Je t'en prie, Rosine, pardonne-moi.

— Tu aimes mieux Violette, c'est ça ? C'est elle qui possède la clé pouvant ouvrir cette cage ? dit-elle en fuyant son regard.

— Non, Rosine, je ne pourrais pas aimer Violette non plus. Peu importe qui j'aimerais, je risquerais de l'entraîner en enfer avec moi. Je sais que c'est difficile à saisir, mais s'il te plaît, regarde-moi dans les yeux. Tu trouveras le véritable jardinier qui prendra soin de ton rosier ! Je n'étais que le vent qui a soufflé la graine jusqu'à ton cœur.

— Comme une simple brise de passage, alors…

— Peu importe où tu es, le vent souffle. Il est toujours présent, même si tu ne le vois pas. C'est ainsi pour moi, Rosine. Je serai ton bras droit pour toujours. Ne laisse pas ton cœur te tromper. Les sentiments que tu éprouves pour moi ne me sont pas destinés. Tu le trouveras, ce jardinier, tu peux en être sûre ! Et je t'aiderai à le trouver !

Il lui tendit la main pour l'aider à se relever.

— Nous serons amis pour toujours, tu me le promets ? demanda Rosine en s'efforçant de sourire.

— Pour toujours !

— Et tu me promets de continuer à me faire voyager jusqu'à Cétacia ?

— Bien sûr ! Autant que tu voudras. N'oublie pas que c'est moi, l'héritier de ce royaume après tout ! dit-il en lui faisant un petit clin d'œil.

Il essuya de son doigt les quelques larmes qui avaient coulé sur les joues de la fillette. Il lui fit ensuite une petite accolade en guise d'au revoir. Ce qu'il ne savait pas, c'est que Violette les espionnait un peu plus loin. Folle de rage d'avoir appris qu'elle n'aurait aucune chance avec Stanislas, elle décida de s'approcher de Rosine, une fois le garçon parti.

— Ce cher Stanislas, un véritable ange cornu celui-là. Tu ne crois pas? Il sait séduire les filles et s'attirer leurs faveurs avec ses belles paroles pleines de mensonges. Il ne faut pas se laisser charmer par lui. C'est un démon dans un corps d'ange, insinua Violette.

— Violette! s'exclama Rosine, surprise.

— Ne t'inquiète pas, je ne suis pas ici pour t'embêter. Je sais que nos relations n'ont jamais été très bonnes, mais je me suis aperçu, en t'écoutant parler, tout à l'heure, que nous ne sommes pas si différentes que ça. C'est pourquoi je suis venue m'excuser pour les méchancetés que j'ai pu te faire subir dans le passé. Je voudrais sincèrement recommencer sur de nouvelles bases avec toi.

— Oh non, tu as écouté notre conversation, dit Rosine, mal à l'aise.

— Il n'y a pas de honte à avoir, tu sais. Quelle fille de la classe n'a pas eu le béguin pour lui ? Tu sais, j'assistais même à la parade de la Saint-Jean-Baptiste, simplement pour le voir, lorsque j'étais plus jeune, alors que je ne le connaissais pas encore. Hélas ! c'est souffrant de prendre conscience que celui que l'on aimait depuis tant d'années n'est rien d'autre qu'un briseur de cœurs. Tu es simplement tombée dans son piège, comme nous toutes, d'ailleurs. Nous sommes sur le même bateau, soupira-t-elle en affichant une fausse tristesse.

À ces mots, Rosine ne put s'empêcher de verser à nouveau quelques larmes, qu'elle essayait tant bien que mal de retenir.

— Tiens, prends mon mouchoir, je te le donne. Je sais comment tu dois te sentir, ma pauvre amie. Nous sommes toutes passées par là. Il mériterait, à son tour, de devenir le souffre-douleur de la classe, comme tu l'as été durant toutes ces années. Avec ce que j'ai découvert à son sujet hier, tu peux être sûre et certaine que sa popularité va dégringoler aussi rapidement qu'elle a monté. Fais-moi confiance !

**

Le lendemain matin, lorsque Stanislas arriva à l'école, il fut surpris : il saluait les autres élèves comme il avait coutume de le faire, mais on l'ignorait ou on le dévisageait. Lorsqu'il pénétra dans la classe, on lui fit un croc-en-jambe. Violette invita Rosine à s'asseoir près d'elle à très haute voix ; Rosine s'exécuta, sans regarder Stanislas, qui resta seul à son pupitre. Il observa la scène, déconcerté. Violette semblait apprécier la compagnie de Rosine et celle-ci riait de bon cœur des plaisanteries de sa nouvelle amie. Comment avaient-elles pu se lier d'amitié en si peu de temps ? Et surtout, pourquoi Rosine l'ignorait-elle, après leur conversation de la veille ? Était-ce encore une manigance de Violette ? Il ne voyait pas d'autre explication.

À la fin de la journée, qui lui avait semblé interminable, tout le monde continuait de faire comme s'il n'existait pas, si ce n'était pour le bousculer à l'occasion. Lorsqu'il aperçut enfin Rosine seule un moment, près de l'érable sous lequel ils avaient l'habitude d'étudier ensemble, il se dirigea vers elle, mais elle détourna la tête. Elle semblait mal à l'aise.

— Désolée, je ne peux pas te parler.

— Mais qu'est-ce qui se passe ? On dirait que tout le monde m'en veut et je ne sais même pas pourquoi ! Ai-je fait quelque chose de mal ?

— Hé toi! s'exclama Violette en s'approchant. Tu vas arrêter de la harceler, à la fin? Tu lui as assez fait de peine comme ça! Quoique ça ne me surprenne pas que toute cette cruauté vienne d'une âme damnée comme la tienne.

— Une âme damnée?

— Ne fais pas le malin! Mon père m'a raconté ton terrible secret! J'ai mis toute la classe au courant ce matin et nous sommes unanimes pour dire que tu es vraiment dégoûtant. N'est-ce pas, Rosine? dit-elle en posant une main sur l'épaule de la pauvre fille; mais Rosine ne répondit pas. Elle garda les yeux baissés.

Stanislas fut soudain encerclé par plusieurs élèves du groupe; c'était comme si on s'apprêtait à le battre.

— On veut l'entendre de ta bouche, à moins que tu n'en aies pas le courage, affirma Violette en croisant les bras, alors que les autres élèves l'encourageaient malicieusement en tapant des mains.

Stanislas les dévisagea tour à tour, abasourdi et inquiet. Le père de Violette aurait-il été au courant du meurtre du nouveau-né? Si oui, irait-il en prison?

— Eh bien! Tu en mets du temps à répondre! Je vais te rafraîchir la mémoire, alors. Il paraît que tu n'es pas baptisé! Est-ce que c'est vrai?

— Oui, c'est vrai, répondit-il en la regardant dans les yeux.

Tout le monde poussa des exclamations sidérées. Ils avaient tous entendu, de la bouche de leurs parents, qu'il était grave de ne pas être baptisé.

— Alors, c'est bien vrai, Stanislas? Ce n'était pas seulement une rumeur? dit tristement Rosine.

— C'est compliqué, Rosine. Si tu me laissais le temps et le courage de tout t'expliquer…

— Elle n'a pas le temps d'écouter tes sornettes! Tu es une âme impure! Les mots qui sortent de ta bouche ne sont que des parjures! Tu n'es qu'un traître et qu'un charlatan! Tu es une honte pour tous les Canadiens français! Déjà que tu es né en dehors du mariage, à ce qu'il paraît… Pas étonnant que le diable se soit incarné en toi et que tu aies réussi à nous envoûter!

— Fils du péché! Fils du péché! Fils du péché! s'exclamèrent les autres élèves en lui lançant des cailloux.

Ils ne devaient même pas connaître la signification de ce qu'ils étaient en train de crier. Violette avait sans doute dû leur mettre toutes ces idées dans la tête!

— Selon mon père, ton père n'est qu'un pécheur! affirma Violette d'un ton méprisant. Normal que la tuberculose l'ait aussi durement touché! Dieu sait reconnaître ses infidèles! Heureusement pour nous, il brûlera en enfer très bientôt!

Stanislas, perdant son sang froid, s'approcha alors d'elle et la gifla.

— Le baptême n'est pas le seul moyen d'effacer les péchés d'un mortel, Violette. Celui qui n'a pas reçu le baptême par l'eau peut quand même être baptisé s'il meurt en martyr. C'est ce que l'on appelle le baptême de sang. C'est ce baptême que je recevrai avant ma mort et qui me donnera ma place au côté de Dieu, alors que tu brûleras dans le feu de ta malveillance, que même l'eau que tu as reçue à ton baptême ne pourra éteindre. L'eau du baptême n'est qu'un symbole. Il n'est pas garant d'une place au paradis. Il ne te sauvera pas si tu continues de nourrir les racines de ton cœur avec cette eau que tu as salie de haine.

Le silence se fit. Ce n'était sûrement pas la réaction qu'avaient attendue les autres. Stanislas enchaîna, avec une tristesse mêlée d'une certaine satisfaction :

— J'espère que tu t'entendras très bien avec Violette, Rosine. C'est une bonne personne, bien qu'elle soit trop fière pour le montrer. Elle se sent si seule dans son cœur. Occupe-toi bien de son rosier, il est sec. C'est à ton tour de faire pousser des roses dans le cœur des autres.

Malgré toute la colère que Violette éprouvait contre le garçon, elle ne put s'empêcher d'être touchée par les mots de celui-ci, remplis de bonté à son égard. Même chose pour Rosine. Cette dernière sortit son chapelet, qui semblait avoir déjà perdu un peu de son odeur de rose. Elle commençait à regretter d'avoir tourné le dos à ce prince qui lui avait si gentiment ouvert les portes de son nouveau bonheur.

***

Stanislas avait pris sa décision : il allait quitter l'école. De toute façon, cela faisait déjà quelques semaines qu'il y pensait ; il avait l'impression de perdre son temps. La seule chose qui le retenait encore, c'était Rosine. Maintenant qu'il la savait acceptée par ses camarades, elle n'aurait plus besoin de lui. Il avait l'impression que son devoir était accompli. Elle volait maintenant de ses propres ailes, et c'est ce qui lui importait.

— Vous avez décidé de nous quitter ?

Il se retourna : c'était sœur Marie-Madeleine.

— Oui, ma sœur. J'espère que ça ne vous ennuie pas trop, mais mon père est très malade et je me sentirais beaucoup plus utile si je travaillais.

— Pardonnez-moi, mais je crois qu'il y a plutôt un autre motif derrière cette décision. Vous vous ennuyez, n'est-ce pas ?

— Il y a peut-être un peu de ça aussi, avoua-t-il, mal à l'aise.

— Je m'en doutais. Vous êtes bien le petit protégé du curé Cadoret. Il m'a parlé de vous, l'autre jour, et il m'a dit que vous étiez un véritable prodige. C'est également lui qui m'a appris que vous aviez un frère jumeau un peu plus dissipé. J'ai alors compris pourquoi, lorsque vous êtes venu vous inscrire, vous avez eu des résultats aussi lamentables. Il était venu à votre place, n'est-ce pas?

— Quoi? Il a fait ça? Alors, lui!

— Ne lui en voulez pas. Ce fut déjà un beau geste de sa part de venir vous inscrire. Il croyait sans doute bien faire.

— Vous savez, le curé Cadoret en met un peu trop sur mon cas. Je ne suis pas aussi intelligent qu'il le prétend.

— Votre modestie me prouve le contraire. Vous possédez véritablement des aptitudes très supérieures à la moyenne. Je ne l'explique pas, mais Dieu semble vous avoir doté d'un incroyable don. Cela se voit, rien qu'à votre regard mature. On dit que chaque siècle a possédé son génie qui a su changer la face du monde pour le bien de l'humanité. Je crois que vous êtes destiné à faire de grandes choses lorsque vous serez adulte. Je ne sais pas encore quoi, mais ce seront de grandes choses. Il paraît que vous rêvez d'aller à Harvard lorsque vous serez un peu plus vieux. Croyez-moi, lorsque vous serez prêt, cette université vous accueillera à bras ouverts. Ce n'est pas une question d'argent, mais de talent. Je suis sûr que le curé Cadoret serait même prêt à financer vos études quand le temps sera venu.

— Allons, ma sœur, vous me gênez…

— Il n'y a pas de quoi vous sentir gêné. J'ai vu les livres que vous lisiez, les thèses que vous écriviez, les équations complexes de physique que vous composiez, que moi-même je n'arrivais pas à saisir. Vous n'êtes pas à votre place ici, c'est l'évidence même.

— Je ne regrette cependant pas d'être venu. J'ai pu aider une de mes camarades à s'épanouir. Mon séjour parmi vous n'aura pas été vain.

— Je suis contente de l'apprendre, et fière d'avoir eu la chance d'enseigner à un enfant au cœur si pur, et qui pourrait devenir un très grand savant un jour. Que Dieu vous protège, dit-elle avant qu'il ne s'en aille pour de bon.

Lorsque Stanislas quitta l'école, la joie l'emportait sur la tristesse, grâce aux paroles de la religieuse. Malgré tout, il redevint triste : cette « intelligence exceptionnelle » qu'on lui attribuait n'était peut-être due qu'à son côté cétacé. Dans ce cas, il n'avait aucun mérite à être considéré comme un « génie » parmi les humains, puisque cela n'était imputable qu'à son origine. Chez les cétacés, peut-être aurait-il une intelligence dans la moyenne, voire inférieure, en raison de sa moitié humaine.

Cette pensée le ramena à la réalité. Le temps était venu d'entamer la prochaine étape.

Chapitre IX

Homicide involontaire

Même si les habitants de Lowell étaient habitués à l'odeur de la mort qui les entourait en permanence, l'odeur particulièrement forte et nauséabonde que dégageait le cadavre du nouveau-né commençait à attirer l'attention du voisinage. Le nombre d'insectes avait augmenté dans le hangar à cause du cadavre tandis que ce dernier commençait à momifier dû à l'humidité des lieux. Voyant qu'ils allaient sans aucun doute attirer l'attention du voisinage, les jumeaux tentèrent de masquer cette odeur. Mathias avait eu l'idée de voler — ou d'emprunter, comme il préférait le dire — de l'encens à l'église Saint-Jean-Baptiste. Du coup, il entendit les locataires se demander, dans la rue, pourquoi une si bonne odeur émanait maintenant du hangar.

Il devait être environ sept heures du soir. Mathias jouait de l'harmonica en observant

Saint-Laurent patauger dans son bocal d'eau ; il lâcha l'instrument et se pencha sur la bestiole :

— Tu vois, je te l'avais bien dit que je finirais par devenir un bon joueur d'harmonica ! Je ne fais presque plus de fausses notes, tu as remarqué ? Papa serait fier de moi s'il m'entendait. Mais je n'ose pas lui rendre visite. Je ne veux pas qu'il sache que je ne suis pas capable de joindre les deux bouts, alors que je lui avais promis de prendre soin de notre famille pendant son absence. Ça l'inquiéterait inutilement. J'espère de tout mon cœur que sa santé s'améliorera. Stan me l'aurait dit si son état s'était aggravé, non ? Il se rend à l'hospice toutes les semaines, de toute façon. Il ne faut pas s'inquiéter.

Il caressa la tête de la grenouille, qui cligna des yeux, comme si elle le comprenait.

Des bruits de pas s'approchaient du hangar. Pendant un moment, il eut peur qu'il s'agisse de monsieur Smith : il était en retard de quatre jours pour le loyer. Mais c'était Stanislas.

— Ouf ! Tu m'as fait peur ! Où étais-tu passé ? C'est rare que tu ne sois pas là lorsque je rentre du travail !

— Je réfléchissais au moyen d'aller à l'encontre de la vertu de la tempérance, comme nous l'a demandé maman. À mon avis, c'est la vertu à laquelle il sera le plus facile de s'opposer et c'est pourquoi nous devrions commencer par celle-ci. Ce soir même, d'ailleurs ! Nous n'avons pas de temps à perdre si nous voulons que papa obtienne ses branchies, dit-il en soulevant la couverture pour observer la poitrine ouverte du nouveau-né, dont les poumons prenaient, selon lui, la forme de branchies.

Mathias tourna la tête d'un air dégoûté et honteux. Stanislas était le seul qui avait encore le courage de jeter un œil, de temps à autre, sur ce cadavre pourrissant et alléchant les asticots.

— Et comment nous y prendrons-nous ?

— Par un cambriolage !

— Un cambriolage ? Comme dévaliser une maison ?

— Exactement !

— Je suppose que tu sais déjà laquelle ?

— En fait, une de mes camarades de classe m'a déjà confié qu'elle possédait un trésor chez elle. J'ai pensé que c'est ce que nous pourrions dérober, puisqu'elle disait qu'elle y tenait comme à la prunelle de ses yeux. Plus l'individu tient à l'objet que nous lui enlèverons et plus notre quête du pardon sera valable. Je ne crois pas que voler quelques clous dans une quincaillerie aurait la même portée.

— Un trésor? Elle t'a dit ce que c'était? Une bague? Une chaîne ou un bracelet en or, peut-être? demanda Mathias, excité.

— Un trésor, ce n'est pas forcément un bijou, Mathias. Et non, elle ne m'a rien dit. Tout ce que je sais, c'est l'endroit où le trésor est caché.

— Tant pis, on aura la surprise, alors!

Le soleil se couchait lorsque Stanislas entraîna Mathias jusqu'à l'*Épicerie Larocque*, le commerce tenu par les parents de Violette.

— Ta camarade de classe, c'est donc la fille du propriétaire de l'épicerie? Tu vas la demander en mariage, j'espère. Moi, je ne raterais pas cette occasion si j'étais toi! dit-il, étonné, en posant ses deux mains sur la vitrine. La salive lui monta à la bouche lorsqu'il aperçut les différentes denrées alimentaires qu'il pouvait entrevoir malgré la noirceur.

— Baisse le ton, Mathias ! Les Larocque vivent juste au-dessus de leur commerce. Ils pourraient t'entendre ! Alors, tais-toi si tu ne veux pas que l'opération soit un échec ! chuchota Stanislas.

Il commença à tâter les planches de bardeaux qui recouvraient la maison. Comme Violette le lui avait confié, ses parents cachaient un double de la clé dans le trou d'une planche pourrie, située sur le mur de gauche. Lorsqu'il repéra la planche, Stanislas saisit la clé et s'empressa de déverrouiller délicatement la porte en espérant qu'elle ne grincerait pas trop en s'ouvrant.

Une fois entrés dans l'épicerie, les jumeaux se rendirent dans l'arrière-boutique sur la pointe des pieds située juste derrière le comptoir. Un escalier menait à l'étage, à l'appartement des Larocque.

— Mathias, reste ici à faire le guet. On a moins de risque de se faire pincer si j'y vais seul.

— D'accord. Essaie de faire vite et sois prudent, dit Mathias en s'asseyant sur le comptoir.

Stanislas monta donc seul. Une fois à l'étage, il tourna la poignée de la porte et regarda si la voie était libre. Au moment où il s'apprêtait à entrer, il vit quatre jeunes enfants qui couraient dans le corridor en criant et en riant, comme s'ils se sauvaient de quelqu'un. Le jumeau se dépêcha de refermer la porte, mais la garda entrouverte pour observer la scène.

— Jacqueline ! Claude ! Christophe ! Bruno ! Revenez immédiatement ici ! Il se fait tard, il y a des heures que vous devriez être au lit. Pourquoi, chaque soir, c'est la même histoire ? Il faut toujours que je me batte avec vous pour me faire obéir ! cria Violette, qui tentait de les poursuivre en robe de nuit. Elle portait un bébé dans le creux d'un bras et tenait, de l'autre, la main d'une fillette d'environ trois ans.

— Pourquoi on t'écouterait ? Tu n'es même pas notre vraie sœur ! Enfin, juste à moitié ! cria l'un des gamins en se retournant pour lui faire une grimace.

— C'est vrai ! Et en plus, tu sens le vieux fumier ! cria l'autre bambin en tapant dans la main de son frère.

216

— Vieux fumier! Vieux fumier! répéta la petite fille qui suivait ses frères.

— Je vais vous en faire, un fumier! Attendez un peu que je vous rattrape, bande de petits morveux! grogna Violette en tenant la main de la fillette; elle se lança à la poursuite des autres gamins. Ils se dirigèrent en courant vers la cuisine en criant « maman! maman! ».

Stanislas était surpris de voir Violette entourée d'autant de jeunes enfants. Il la croyait enfant unique, car malgré tout le bavardage et les confidences qu'elle lui faisait, jamais elle n'avait mentionné l'existence de frères et sœurs.

— Violette! Petite écervelée! Qu'est-ce qui te prend de courir avec un poupon dans les bras? Oh! mon pauvre bébé, comme tu as dû avoir peur! hurla une femme, en arrachant le nourrisson des bras de la fillette.

Les autres enfants se collèrent vivement contre la femme, plutôt mince et osseuse, ce qui ajoutait à son air sévère.

— Tu vois, maman, comme elle est vilaine! Elle ne cesse de nous faire du mal et de nous crier des bêtises! dit l'un des gamins en faisant mine de pleurer.

— C'est faux, belle-maman! Je m'apprêtais à les coucher dans leurs chambres, mais ils ne cessent de faire des caprices et puis…

— Tais-toi! C'est toi qui t'y prends mal!

— Elle n'arrête pas de nous dire que la maison est infestée de bandits et qu'ils vont venir nous égorger durant la nuit si on ferme l'œil. C'est pour ça qu'on a peur de s'endormir, affirma l'autre gamin en faisant semblant de trembloter.

— Hé! je n'ai jamais dit ça! Ils inventent tout ça à mesure! déclara Violette pour se défendre, mais sa belle-mère avait déjà son idée, apparemment:

— C'est bien ce que je pensais! Tu n'es vraiment qu'une bonne à rien! Menteuse et manipulatrice, en plus! Ton père te gâte bien trop! Si c'était de moi, tu peux être sûre que…

— Allons, allons… Pourquoi tant de discorde en cette belle soirée? dit une voix masculine bonasse.

Un homme était entré dans la cuisine. Stanislas reconnut l'épicier, monsieur Larocque.

— C'est ta crétine de fille! Elle ne cesse de nous apporter des ennuis! Je t'avais dit de l'envoyer dans ce pensionnat, à Manchester ! dit la femme, grincheuse.

— Allons, Francine, calme-toi, tu dramatises. Notre petite Violette n'est pas si terrible que ça. Je crois plutôt qu'il y a eu un léger malentendu, c'est tout, dit l'épicier, comme s'il voulait détendre l'atmosphère.

Il mit une main sur l'épaule de Violette, puis lui caressa la joue.

— Je dois faire un peu de comptabilité avant demain matin. Ça te dirait de me donner un coup de main ? Il paraît que tu es douée en mathématiques. C'est ce que ton institutrice m'a dit, en tout cas.

Il lui adressa un clin d'œil complice.

— Oui, bien sûr, papa, dit Violette, visiblement soulagée, en l'accompagnant jusqu'à la pièce voisine, qui semblait être un petit bureau.

— Il faut toujours qu'il prenne parti pour sa fille ! dit la femme en serrant les dents.

Violette et son père repassèrent devant la porte où Stanislas était caché.

— Pourquoi faut-il toujours qu'elle soit sur mon dos ? Je la déteste ! Tu n'aurais jamais dû te remarier ! dit Violette en faisant la moue.

— Allons, Violette, ma chérie, ne dis pas de telles sottises. Francine ne remplacera jamais ta maman, mais tu verras. Un jour, tu l'aimeras autant que je l'aime. Laissez-vous le temps de vous apprivoiser, c'est tout.

Dès que le père et la fille eurent traversé le corridor, Stanislas s'empressa de sortir de sa cachette pour se rendre discrètement dans la chambre de Violette. Il devait passer devant la cuisine sans que le reste de la famille s'en aperçoive. Il prit une grande inspiration et traversa le corridor, vif comme l'éclair.

— Un bandit ! J'ai vu un bandit, maman ! s'exclama la fillette de trois ans en montrant la chambre de Violette du doigt.

— Allons, mon cœur, il n'y a pas de bandits ! Violette raconte n'importe quoi. Il ne faut pas que de telles sottises entrent dans ta tête, dit la voix de la femme.

Rassuré, Stanislas commença sa fouille dans la chambre de Violette. Il s'agenouilla devant le dernier tiroir de la table de chevet où elle était censée cacher son fameux « trésor ». Il y trouva un charmant petit coffret. Quand il l'ouvrit, une petite mélodie s'en échappa ; il s'agissait d'une valse. Une petite ballerine tournoyait sur elle-même en suivant le rythme, posée sur un plateau. À l'intérieur de la boîte était dissimulée une photo montrant Violette âgée d'environ quatre ans, accompagnée de son père et d'une femme qui devait sans doute être sa mère naturelle, tant elle lui ressemblait. Tous trois formaient une famille heureuse.

Stanislas resta immobile un instant, songeur. Ainsi, Violette avait, tout comme lui, perdu sa mère à un jeune âge et, de toute évidence, elle entretenait des relations très tendues avec sa belle-mère. Il comprenait d'où venait la frustration qui rendait Violette exécrable à l'école. Elle semblait prendre soin de ses six demi-frères et sœurs, mais sans grande récompense. À l'école, elle jouait les reines et elle était odieuse, mais la réalité était bien différente chez elle. Au moins, son père était gentil. Elle avait beaucoup de chance de l'avoir encore avec elle. Stanislas soupira : monsieur Larocque semblait empreint de la même bonté, du même optimisme et du même sens de la justice que son père à lui.

Il savait maintenant en quoi consistait le « trésor » de Violette. Il prit la petite boîte à musique. Il imaginait le chagrin que ressentirait Violette lorsqu'elle découvrirait que son trésor avait disparu. Mais sa mission comptait plus que tout, n'est-ce pas ?

***

Au rez-chaussée, dans l'épicerie, Mathias attendait patiemment le retour de Stanislas. Il bâillait parfois en étouffant le bruit dans sa main. Son ventre se mit à gargouiller. Son regard ne pouvait se détacher des étagères pleines de victuailles.

C'est trop cruel ! Je suis entouré de toute cette bonne nourriture et je meurs de faim. Si je prenais quelque chose ? Juste un petit morceau de rien ! Je suis sûr qu'on ne s'apercevrait de rien. Et puis, tant qu'à aller à l'encontre de la tempérance, autant en profiter ! Un vol reste un vol après tout, tant qu'à y être... Il sortit un paquet d'allumettes de la poche de son veston, puis alluma une lampe à l'huile qui traînait sur le comptoir, afin d'observer ce qui lui était offert. Il commença à s'empiffrer de fromage, pour ensuite avaler goulûment des petits fruits. Il prit ensuite quelques friandises rangées dans des bocaux et s'empressa de les cacher dans ses poches.

Il crut entendre un bruit, se retourna brusquement et tenta d'éteindre la lampe, qui tomba sur le plancher de bois. Une langue de flamme lécha aussitôt les planches. Mathias recula, horrifié.

Puis, affolé, il essaya d'étouffer le feu avec son veston, mais l'huile alimentait le foyer d'incendie qui se propagea rapidement.

***

Dans le corridor, à l'étage, Stanislas écoutait la conversation de Vilolette avec son père.

— Alors, comment va le petit Demers? J'ai hâte que tu l'invites chez nous et que tu nous le présentes! Depuis le temps que tu nous en parles! dit monsieur Larocque en déplaçant les boules de son abaque.

— Ne me parle plus de lui, s'il te plaît, papa! De toute façon, il a abandonné l'école, à ce qu'il paraît! Je ne le reverrai sans doute pas de sitôt et c'est tant mieux!

— Vraiment? C'est dommage.

— Pourquoi, c'est « dommage »? C'est toi-même qui m'as dit que son père ne l'avait jamais fait baptiser et qu'il était né hors du mariage! C'est bien ce que le curé t'avait confié, non? Tu ne devrais pas t'inquiéter de son sort! S'il n'est pas baptisé, c'est comme s'il n'avait pas d'âme, donc il n'existe pas!

— Tu n'as pas répété ça à tes camarades, j'espère?

— Euh… non, marmonna Violette.

— Tant mieux! Ce n'est pas le genre de secret que l'on crie sur les toits. Ce pauvre enfant n'y est pour rien, après tout! Tu sais, j'admire énormément son père, bien que la plupart des gens du quartier le trouvent un peu étrange. Joseph Demers est le seul d'entre nous qui ait vraiment compris le sens de la vie. Il vit au jour le jour sans penser ni au ciel ni à l'enfer. Malgré le regard d'autrui, il continue de vivre selon ses convictions, aussi libre qu'un oiseau. Nous sommes notre seul maître dans ce monde. Le paradis, c'est nous qui devons l'édifier, petit à petit, chaque jour, dans notre cœur. C'est ça, le secret du bonheur. Joseph l'a parfaitement compris. Si tu savais, ma petite Violette, comme je l'envie. Si j'avais un peu plus de cran, c'est ce que je ferais moi aussi. Hélas! mon commerce me tient en otage. Je ne peux me permettre d'avoir ma clientèle à dos! J'espère que tu auras plus de courage que ton père et que toi, tu arriveras à vivre ainsi. C'est ce que je souhaite pour toi, pour que tu connaisses le bonheur. N'oublie jamais que la religion n'est là que pour nous mettre des chaînes aux pieds et nous empêcher de nous envoler jusqu'au paradis.

Stanislas était surpris et ému. L'épicier était à l'aise, voire riche, comparativement à bien des habitants de Lowell. Le jumeau aurait plutôt cru qu'il était du genre à mépriser les ouvriers. Il l'écouta reprendre l'inventaire avec Violette. Nouvelle surprise : l'épicerie donnait parfois des surplus aux plus démunis. Et l'épicier accommodait les habitants du quartier à qui il avait déjà fait crédit.

Stanislas se sentait de plus en plus mal à l'aise. Qu'était-il en train de faire, à épier ainsi ces gens, après s'être introduit en ces lieux comme un voleur ?

— Papa, tu ne trouves pas que ça sent le brûlé ? dit soudain Violette en reniflant l'air.

— Tu trouves aussi ? Je pensais que je me faisais des idées ! Reste ici, je vais aller jeter un coup d'œil en bas. J'ai fait des tests avec le poêle cet après-midi lorsque je le réparais. J'ai peut-être oublié de l'éteindre. Rien de bien grave.

Il sortit de la pièce et Stanislas retourna en hâte se cacher dans la chambre de Violette. C'était vrai que ça sentait la fumée. En entendant Larocque se mettre à tousser convulsivement, Stanislas, alarmé, ouvrit la porte qui menait à l'escalier. Larocque se tenait dans l'escalier, envahi par une fumée grise, l'avant-bras devant la figure.

— Seigneur Dieu, s'exclama l'épicier en reculant d'une marche.

Stanislas sortit de sa cachette sans être entendu, inquiet. Mathias, qu'était-il arrivé à Mathias, en bas ? La fumée formait un véritable mur opaque. La seule chose qui réussissait à transpercer cet écran était la vive lueur des flammes.

— Papa ! Qu'est-ce qui se passe ? demanda Violette, du haut des escaliers, en toussant.

— Violette, ne t'approche pas, il y a le feu ! Vite, va avertir Francine et les enfants, et sortez par l'escalier extérieur !

— L'épicerie est en feu ! Au feu ! Au feu ! s'écria Violette en se précipitant vers la cuisine.

À l'instant même, l'escalier s'effondra dans une grande gerbe d'étincelles, rongé par les flammes. Stanislas se sentit dégringoler, mais il n'eut pas le temps d'avoir peur. Il se retrouva dans le coin du rez-de-chaussée qui ne brûlait pas encore, à demi assommé par la chute. Il avait toujours la boîte à musique en main.

Larocque avait eu moins de chance. Complètement enveloppé de flammes, il se débattait en hurlant. Stanislas tenta tant bien que mal de lui venir en aide, mais une poutre rougeoyante tomba entre eux, l'empêchant de s'approcher.

Le son d'un harmonica résonna un peu plus loin. D'abord dérouté, Stanislas comprit. C'était Mathias ! Mathias essayait de le guider à travers cette fumée aveuglante ! Il ferma les yeux. Il était à demi cétacé, non ? Il possédait lui aussi la faculté des cétacés de se diriger et de se repérer dans l'eau. Il se mit à ramper dans la direction du son et finit par trouver la sortie qui donnait sur la rue. Mathias l'attendait, anxieux, l'harmonica à la bouche.

— Stan ! Te voilà enfin ! J'ai tellement eu peur ! Vite ! Il faut partir d'ici ! dit-il en l'aidant à se relever ; il le traîna par la main à l'écart de l'épicerie en flammes.

Des habitants du quartier avaient pris conscience de l'ampleur de l'incendie et accoururent avec des seaux remplis d'eau, en hurlant vigoureusement « au feu ! » afin d'attirer le plus de volontaires possible pour combattre le brasier en attendant l'arrivée des pompiers. Le feu ne devait pas s'étendre aux logements avoisinants. Femmes et enfants, l'air terrifié, observaient la scène, à l'abri de leurs fenêtres.

— Mathias, cria Stanislas, affolé, il faut retourner à l'intérieur ! Monsieur Larocque est encore là ! Il faut le sauver, ou sinon, il va mourir !

— Tu es fou ! N'y va pas ! Tu as vu comme tu as eu du mal à sortir de là ?

— Je sais comment me diriger grâce au son, Mathias ! Je sais que je vais être capable de retrouver l'épicier et de le sortir de là ! Et toi aussi, tu le peux !

— Non, Stan ! Tu n'iras nulle part ! Je ne veux pas être responsable de la mort de mon frère en plus ! gronda Mathias en lui saisissant fermement le poignet.

— C'est toi qui…

Dans un grand craquement, l'enseigne de l'*Épicerie Larocque* tomba à leurs pieds. Un homme leur fit signe de s'éloigner le plus rapidement possible, car la bâtisse risquait à tout moment de s'effondrer. Tout en s'éloignant, traîné par Mathias, Stanislas sentit battre quelque chose de pointu contre sa cuisse; c'était la boîte à musique qui se trouvait dans sa poche; il avait dû la glisser là par réflexe quand l'incendie s'était déclaré. Il s'arrêta en résistant à la poigne de Mathias et se retourna pour regarder les silhouettes noires qui s'agitaient devant l'écran de flammes. Mathias s'était immobilisé lui aussi. Stanislas lui prit la main; il la sentit trembler. Il regarda avec lui, muet, la terrible conséquence de leurs actes.

Chapitre X

Le sourire de l'ange

— À ce qu'il paraît, l'*Épicerie Larocque* a pris en feu, il y a trois jours, dit tristement Joseph, toujours cloué à son lit. Pauvre Hector Larocque… Il a été amené d'urgence à l'hospice, mais il était déjà trop tard pour lui. On dit que son visage était tellement brûlé par les flammes qu'il était impossible de le reconnaître. Je suis désolé pour sa femme et ses enfants, qu'il laisse derrière lui. D'après ce que j'ai entendu, leur commerce n'était pas assuré. Les temps vont être très durs pour eux. Hélas ! nous ne pouvons que leur témoigner notre sympathie.

Comme chaque lundi et vendredi matin, Stanislas était allé rendre visite à son père. À son arrivée, les religieuses venaient de le raser : sa barbe, devenue hirsute, était complètement tachée et collée par le sang qu'il crachait à l'occasion. Stanislas ne pouvait pas entrevoir son père à cause du rideau, mais il l'imaginait, comme sur cette photo de lui qu'il avait retrouvée, le jour de leur anniversaire, et qui l'avait tant fait sourire. Sa résistance exceptionnelle à la tuberculose impressionnait le médecin, qui ne lui avait donné, au départ, qu'une à deux semaines à vivre. Il avait beaucoup maigri à cause de la déshydratation et sa respiration était bruyante, comme si chaque souffle lui demandait un effort considérable.

— L'une de ses filles était ma camarade d'école, dit Stanislas en essayant de dissimuler son profond malaise. C'est vraiment malheureux.

— Selon *La Gazette du Petit Canada*, les WASPS seraient à l'origine de l'incendie. Une épicerie est une cible parfaite, puisque sa perte est un grave inconvénient pour les habitants du quartier.

— Tant qu'il n'y a pas de preuve, spécifia Stanislas, de plus en plus mal à l'aise. Ce feu est peut-être tout simplement d'origine accidentelle…

— Les WASPS ont mis le feu à une épicerie grecque, le mois passé ; ça ne m'étonnerait pas du tout que ce soit eux, les responsables.

Un accès de toux interrompit le discours de Joseph. Stanislas attendit, le cœur lourd.

— Je ne sais pas pourquoi ils nous détestent tant. Pourquoi ne veulent-ils pas nous reconnaître comme des Américains à part entière ? reprit faiblement Joseph. Nous ne faisons rien de mal et nous participons activement à l'économie du pays ; mais ils continuent tout de même de nous causer des ennuis. Un jour, j'ai bien peur que tous ces braves immigrés, qu'ils provoquent à tort, finissent par se révolter. La haine ne fait qu'engendrer davantage de haine.

— C'est vrai, dit Stanislas, la tête basse, les joues brûlantes.

— Au fait, comment va Mathias, dis-moi ? Il n'est pas venu me rendre visite depuis le jour où il m'a annoncé qu'il avait obtenu un emploi ; il m'avait pourtant promis de venir me jouer un air d'harmonica. J'ai l'impression que des siècles ont passé. Je me fais beaucoup de souci pour lui. J'espère que tout se passe bien.

— Il va bien, ne t'inquiète pas. Tu lui manques beaucoup, tu sais, mais je crois que son horaire l'empêche de venir te rendre visite. Il travaille très fort ! Si tu voyais comme il a pris de la maturité. Tu ne le reconnaîtrais plus ! Ce n'est plus le farceur qu'il était !

Devait-il parler à son père des mauvais traitements dont Mathias était sûrement victime, à en juger par ses contusions? Non, inutile de l'inquiéter.

— C'est justement ce que je craignais, murmura tristement Joseph. Il n'y a rien de mal à être farceur. Il n'avait pas à perdre aussi brusquement son enfance. Dire que c'est de ma faute...

***

Avant de se rendre à *Boott Cotton Mills*, Mathias était allé saluer la statue de la Sainte-Vierge devant l'église Saint-Jean-Baptiste, comme il avait pris l'habitude de le faire chaque matin. Chaque fois que son regard croisait les yeux doux de la sainte femme, il sentait son cœur s'emplir d'assez de courage pour tenir bon durant toute la journée de labeur qui l'attendait.

Il avait également pris l'habitude de se recueillir près des ruines de l'*Épicerie Larocque*. Il restait parfois dix minutes devant celle-ci, sans bouger. La bâtisse s'était écroulée sous son propre poids et il ne restait, parmi les cendres, que quelques planches de bois, des meubles calcinés, et même des boîtes de conserve noircies qui avaient miraculeusement survécu à la catastrophe. Heureusement, grâce à la collaboration des habitants du quartier, le feu avait été éteint avant qu'il ne s'étende aux maisons avoisinantes. Jamais Mathias n'aurait cru que sa faim puisse engendrer un si triste événement.

Je ne voulais pas ça ! Mais mon estomac me faisait tellement mal ! Si je veux que Stan mange à sa faim, je dois me priver. La nourriture est si chère, et monsieur Smith, si exigeant ! Si Stan et moi, on est vraiment la même personne, pourquoi on n'a pas qu'un seul estomac ? Tout serait tellement plus simple ! Et maintenant, je suis un meurtrier, un voleur et un incendiaire !

À son travail, tout se déroula bien, jusqu'à ce que l'horloge indique midi. Alors qu'il s'apprêtait à manger son maigre repas, Mathias aperçut un jeune garçon qui pénétrait dans la bâtisse. Il le reconnut : c'était l'un des amis ramoneurs de Pat. Avait-il été engagé pour ramoner les cheminées de la fabrique ? Mais non ; après s'être faufilé dans l'entrepôt par les portes qu'on laissait ouvertes pour rafraîchir la bâtisse, le garçon ressortit avec trois longs rouleaux de tissu sous le bras.

Mathias le regarda aller un moment, choqué. Un voleur! Pas étonnant, cette engeance d'Irlandais! S'il réussissait à l'arrêter, il pourrait monter dans l'estime du contremaître! Moretti le laisserait peut-être tranquille?

— Hé! espèce de voleur! cria Mathias en s'élançant à la poursuite du jeune truand. Je ne vais pas te laisser faire! Tu n'as rien à faire ici! Retourne à tes cheminées avec ton copain, le gros roux!

L'autre n'eut même pas le temps de réagir: Mathias le plaqua au sol et se mit à lui taper dessus. Après le premier moment de surprise passé, l'autre se défendit; il était plus fort que Mathias et prit bientôt le dessus sur lui. La bataille se poursuivit jusqu'à l'extérieur de la fabrique, dans la cour arrière, où les autres enfants ouvriers les observèrent, éberlués.

— Reprends-les, tes vieux chiffons, lança le petit Irlandais, je m'en lave les mains! Tu as tout gâché, tu dois être content!

Le jeune truand lança les rouleaux de tissu dans une flaque d'eau, donna un dernier vicieux coup de pied à Mathias, puis se sauva à toutes jambes.

— Qu'est-ce qui est arrivé encore? cria Dominico en arrivant sur les lieux de la bataille.

— *Signor* Moretti! Avez-vous vu? J'ai réussi à arrêter un voleur et à récupérer les rouleaux de tissu qu'il a tenté de dérober! dit fièrement Mathias en secouant les rouleaux d'étoffe qui dégoulinaient d'eau sale.

Dominico dévisageait le jeune homme, les sourcils froncés:

— Petit bon à rien! Regarde ce que tu as fait! Ces tissus ne servent plus à rien! Qui voudra les acheter maintenant qu'ils sont tout sales? Tu peux être sûr que je vais retenir la valeur de ces tissus sur ta paie! Si ça se trouve, c'est même toi qui essayais de les voler!

— Mais non, j'ai arrêté un voleur! protesta Mathias. Il y a eu plein de témoins, en plus! Demandez-leur!

Mais les enfants et les quelques adultes présents continuaient d'observer la scène, muets comme des carpes.

— J'en ai assez de tes mensonges, *bastardo*! dit l'Italien en empoignant Mathias par les cheveux.

Le jumeau se laissa traîner sur le sol en gémissant et en se tenant la tête ; il tentait ainsi de se protéger la tête, mais malgré cela, la douleur irradiait dans tout son crâne. Le contremaître traîna ainsi Mathias jusqu'au-devant la grande bâtisse, tout près des moulins à eau qui fournissaient l'énergie nécessaire à la machinerie, puis il le força à s'agenouiller devant lui.

— Ouvre grand la bouche et garde-la bien ouverte ! Gare à toi si tu échappes ne serait-ce qu'une seule goutte, dit l'homme en détachant son pantalon.

L'homme commença alors à uriner sur le visage de Mathias. Il y en avait partout : dans ses cheveux, dans sa face, dans ses yeux, et même sur ses vêtements. Il avait même été contraint d'en avaler tellement sa bouche en avait été remplie.

— Tu ne m'as pas écouté, morveux ! Je t'avais dit de ne rien gaspiller ! Baisse ton pantalon, maintenant ! dit l'homme avec un sourire narquois.

Dominico sortit une allumette de sa poche ; il s'apprêtait à brûler les organes génitaux de Mathias.

— Pas ça, je vous en prie, *signor* Moretti! Je ferai tout ce que vous voudrez! supplia le gamin, complètement paniqué, lorsqu'il aperçut l'allumette s'approcher dangereusement de son entrejambe.

— Tu sauras enfin ce que les tiens m'ont fait subir! Et ce que ça fait de savoir que tu n'auras jamais de descendant parce qu'on t'a rendu stérile! Tu vas payer pour ces Canadiens français qui ont détruit mon existence! Je veux t'entendre hurler, comme j'ai hurlé et pleuré autrefois!

Il postillonnait; il avait les yeux exorbités. Il était déchaîné.

Sentant la chaleur, qui représentait un danger pour sa vie, Saint-Laurent, par instinct, sauta brusquement de la poche du veston de Mathias. Dominico sursauta en apercevant l'animal à quelques centimètres de son visage. Il fut si surpris qu'il laissa échapper l'allumette sur le sol. Au moment où il s'apprêtait à la reprendre, la cloche sonna, annonçant que la pause du midi était terminée.

Moretti hésita, puis rangea le paquet d'allumettes.

— Estime-toi chanceux d'être sauvé par la cloche, gronda-t-il. File à ton poste, et plus vite que ça ! On se reverra.

Il s'éloigna en faisant claquer ses talons.

Mathias, la tête basse, lâcha un soupir de soulagement.

Il remonta son pantalon et s'essuya la figure de sa manche, tant bien que mal. Il alla ensuite boire de l'eau dans la rivière pour enlever le goût de l'urine dans sa bouche. Après, il prit le temps de s'accroupir pour ramasser sa grenouille, qui attendait patiemment qu'il la reprenne.

— Merci, murmura-t-il d'une voix enrouée, tu m'as vraiment sauvé la vie.

Quand il termina son quart de travail, il se hâta de quitter l'usine avant que Moretti ne le coince. Il s'arrêta net lorsqu'il aperçut le contremaître en train de fumer un cigare près de la porte de sortie. Il se cacha derrière une machine et attendit patiemment qu'il s'en aille. Après un moment, il vit une femme s'approcher ; elle remit un billet vert à Moretti. Il était trop loin pour entendre ce qu'ils pouvaient se raconter, mais il vit Dominico partir et revenir avec les trois rouleaux de tissu abîmés. La femme inclina la tête en signe de remerciement, puis s'apprêta à quitter la fabrique, les rouleaux en main. Elle devait avoir une trentaine d'années ; ses longs cheveux roux étaient retenus en un épais chignon sur son crâne.

Mathias l'observait, médusé. Cette femme devait être son mystérieux ange gardien ! En achetant ce tissu, dont personne n'aurait voulu, elle lui venait en aide et empêchait Moretti de les déduire de sa paie. Il ne l'avait jamais remarquée jusqu'à ce jour. Elle devait travailler comme tisserande — comme la plupart des femmes ouvrières engagées à *Boott Cotton Mills* —, à un autre étage de la fabrique.

Moretti s'était éloigné. Fou de joie d'avoir enfin trouvé son ange gardien, Mathias courut derrière elle.

— Madame ! Attendez ! Madame !

Mais elle continuait sa route sans se retourner.

Il la rejoignit enfin et se planta devant elle, tout essoufflé.

— Madame, attendez, je vous en prie ! J'ai à vous parler !

Elle ne répondit rien et se contenta de lui sourire. C'était le plus beau sourire qu'il avait vu, outre celui de la statue de la Sainte-Vierge qu'il aimait tant. Les magnifiques yeux noirs de la femme, pétillants et chaleureux, lui rappelaient ceux de son père. Lui adressant un sourire plein de tendresse, la femme se pencha vers lui et effleura ses boucles blondes. Il se sentit rougir.

— Madame, je vous suis tellement reconnaissant! Je ne sais pas comment je pourrai vous prouver ma gratitude pour tout ce que vous avez fait pour moi ces dernières semaines. Vous avez été un véritable ange gardien.

Elle lui coupa la parole en posant un doigt sur sa bouche, tout en continuant à lui sourire. Elle sortit ensuite un petit carnet de son tablier et commença à écrire quelque chose. Mathias la regarda faire, déconcerté. Après quelques minutes, elle déchira la page et la lui tendit avant de s'en aller.

— Attendez! Il la regarda s'éloigner, déçu et honteux. Il ajouta en murmurant : je ne sais même pas lire !

***

Il n'avait jamais eu aussi hâte de rentrer chez lui. Stanislas était déjà rentré. Il lui tendit la page de carnet :

— Stan, s'il te plaît ! Tu dois me lire ça, c'est urgent ! dit-il sans préambule.

— C'est bien la première fois que je te vois aussi excité au retour du travail ! dit Stanislas, surpris.

— Si tu veux que je le sois encore plus, dis-moi ce qui est écrit, je t'en prie ! C'est tout ce que je te demande !

— Bien sûr.

Stanislas prit la page déchirée et commença à lire.

Bonjour à toi, mon petit !

Ainsi, tu as finalement réussi à me trouver ? Pardonne-moi de ne pas pouvoir te répondre de vive voix, mais je suis sourde et muette depuis la naissance. Je ne communique qu'à l'aide de signes ou par écrit. Je ne voulais pas t'ignorer : je ne pouvais tout simplement pas te répondre. J'espère que tu ne m'en veux pas de m'être mêlée à tes histoires, mais je ne supporte pas de voir un enfant malheureux, peu importe son origine. J'aime apporter un peu de joie à ceux qui en ont besoin. En te voyant aussi heureux et enjoué malgré ton calvaire quotidien, je vois que j'ai bien accompli mon devoir. Sois tranquille, de là-haut, sur mon étage, je veillerai toujours sur toi. Tu ne seras jamais seul, même lorsque tu le croiras. Ne cherche pas à te venger de ceux qui t'offensent, car ainsi, tu tueras le peu d'enfance qui sommeille toujours en toi. Apaise l'orage dans ton cœur et ne deviens pas comme ces hommes qui t'entourent et qui te font du mal. Ils sont encore plus malheureux que tu ne l'es. Si je peux réussir à sauver, par mes interventions, l'innocence ne serait-ce que d'un seul enfant, je sais que le monde s'en portera mieux.

Ne fais pas une affaire personnelle de ce que ton contremaître te fait subir. Il nous tient dans la peur et nous torture pour mieux se faire obéir. En réalité, il est faible et vulnérable. Mais son titre lui sert de bouclier.

Viens me retrouver demain midi au troisième étage, près de l'escalier. Il me fera plaisir de faire plus ample connaissance avec une petite grenouille qui deviendra, j'en suis sûre, un magnifique prince charmant, honnête, généreux et miséricordieux.

Angela

À la fin de la lecture, Stanislas ne put s'empêcher de rire.

— Quoi? lança Mathias, irrité. Qu'est-ce qu'il y a de si drôle?

— Tu ne m'avais pas dit que tu t'étais fait une petite amie à la fabrique, dit Sanislas.

Mathias rougit.

— Ce n'est pas ma petite amie! C'est mon ange gardien, rien de plus. Et puis, elle aurait l'âge d'être notre mère!

— Ah oui, vraiment? ajouta Stanislas pour l'agacer. Il riait toujours.

— Quoi qu'il en soit, je suis heureux d'avoir un nom pour mon ange. Angela! C'est le plus beau prénom que j'aie jamais entendu, on dirait qu'il vient directement du paradis, de là où elle veillait sur moi.

— Ça m'a plutôt l'air du prénom d'une femme irlandaise. Si c'est le cas, je suis un peu surpris qu'une Irlandaise soit aussi gentille avec un Canadien français.

Mathias baissa la tête, attristé : *une Irlandaise? Comme le gros Fat? S'agissait-il d'une erreur?* Cette aide ne lui était peut-être pas destinée?

— Mais elle est sourde et muette. Elle ne sait peut-être pas que je suis canadien-français, surtout que je ne travaille pratiquement qu'avec des Irlandais.

— Je ne crois pas, Mathias. Elle écrit qu'elle n'aime pas voir un enfant malheureux, peu importe son origine. Les Irlandais ne sont pas tous méchants. Des gens bons, il y en a partout, et des mauvais aussi, malheureusement.

Mathias ne put s'empêcher de penser aux paroles de Moretti : des Canadiens français l'avaient torturé, selon lui. Si c'était vrai...

— Les Irlandais et les Canadiens français se disputent parfois, mais ils ne sont pas nécessairement tous en guerre les uns contre les autres ! Tu sais, la plupart du temps, nous détestons ceux qui nous ressemblent le plus. Et s'il y a un peuple qui nous ressemble, c'est bien le peuple irlandais !

Mathias hocha la tête :

— Mais ça m'ennuie un peu qu'elle soit sourde. Comment pourrai-je la remercier ?

— Bonne question, dit Stanislas en cherchant une idée.

— Je sais ! dit Mathias en se levant brusquement. Stan, apprends-moi à lire et à écrire ! C'est la seule solution !

— Tu veux apprendre à lire et à écrire ? dit Stanislas, abasourdi.

Jamais son frère ne le lui aurait demandé cela auparavant. Il le lui avait proposé à maintes reprises, mais Mathias faisait la sourde oreille en répétant que ça ne lui servirait jamais à rien et que ça ne l'intéressait pas.

— Mais oui ! Depuis le temps que tu veux me le montrer ! Ça ne doit pas être trop difficile ! ajouta-t-il.

— Pourquoi pas ? dit Stanislas, ravi. Tu as l'air vraiment motivé d'apprendre ! Mais tu ne sauras pas écrire du jour au lendemain, Mathias. Il va falloir t'appliquer et être patient.

— Ça prend beaucoup de temps ? dit Mathias avec une moue déçue. Alors, j'ai une autre idée.

— Quoi donc ?

— Est-ce que tu pourrais aller travailler à ma place demain ? Tu pourrais ainsi entamer une première correspondance avec Angela ? S'il te plaît, dis oui !

Stanislas le dévisagea, incrédule, les poings sur les hanches.

— Mathias ! Franchement ! Tu t'es déjà fait passer pour moi à l'école, et ça m'a causé assez d'ennuis ! On avait dit qu'on ne le ferait jamais !

— Alors, tu pourrais te venger, tiens ! De mon côté, je pourrais en profiter pour prendre ta place à l'école, qu'est-ce que tu en dis ?

Stanislas se sentit soudain nerveux. Il ne fallait pas que son frère sache qu'il avait abandonné l'école.

— Surtout pas ! lança-t-il.

— Tu as peur que je te fasse honte ? Je pourrais rester ici à lire et à écrire, si tu m'expliques la base ce soir ! Dis oui, je t'en prie ! Je serai un excellent élève !

Stanislas soupira :

— D'accord, tu as gagné, mais juste pour une journée ! Mais c'est vrai, ça pourrait être intéressant de voir où tu travailles, dit Stanislas, qui pourrait enfin savoir d'où proviennent les blessures de son jumeau et comprendre les origines de sa mauvaise humeur perpétuelle. Et puis, Mathias méritait bien une journée de répit.

— Tu verras, mon travail est tout simple ! Mais il y a quelques précautions à prendre. Je te les dirai, dès que tu m'auras enseigné l'alphabet !

Stanislas alla s'asseoir à leur petite table bancale.

— Viens t'installer près de la chandelle.

Mathias obtempéra, les yeux brillants.

— L'alphabet comporte vingt-six lettres, dit Stanislas pour commencer, sans pouvoir s'empêcher de sourire.

Sœur Marie-Madeleine lui avait laissé enseigner l'alphabet à des plus jeunes. Il commençait à être assez doué pour jouer les instituteurs. Cette première séance dura deux bonnes heures. Stanislas était étonné, mais satisfait de voir son frère aussi patient et aussi attentif. Quand la fatigue se fit sentir, Mathias prit le relais et expliqua à son frère en quoi consistait son travail à la fabrique.

Ils allèrent enfin se coucher, assez excités à la perspective de cette journée qui allait enfin modifier leur routine.

Chapitre XI

Le secret de Stanislas

À l'aube, Mathias prit grand plaisir à habiller Stanislas comme s'il s'agissait d'une poupée.

— Viens là que je t'attache mon foulard, dit-il en le serrant à un point tel qu'il étouffait son frère.

— Ce foulard est ridicule, il va faire très chaud aujourd'hui ! Est-ce que je dois porter ça toute la journée ?

— Je t'interdis de l'enlever ! C'est papa qui me l'a donné. C'est mon porte-bonheur ; si tu le perds, je t'étripe, compris ?

— Bon, j'y ferai attention, alors, maugréa Stanislas en le desserrant tout de même un peu.

Mathias dépeigna un peu son frère et il lui enfonça sa casquette sur la tête.

— Voilà! Tu es vraiment moi, maintenant; j'ai l'impression de me regarder dans la glace! dit-il en riant. Tout compte fait, tu avais raison, cette casquette me donne vraiment un air niais! Je crois que je vais cesser de la porter.

Le garçon incita son frère à imiter ses tics, ses manies et même sa façon de se tenir. Il lui montra ensuite comment imiter sa démarche; depuis qu'il travaillait à l'usine, elle avait changé.

— Mais non, pas comme ça! Mets tes mains dans tes poches! Fais de grands pas! Sinon, tu as l'air idiot!

— J'ai l'air de toi!

— Arrête! C'est sérieux! Je ne veux pas que tu me fasses honte à mon premier rendez-vous avec Angela!

— Crois-moi, ça ne peut pas être pire que si c'était toi qui y allais. Allez, je file! Je ne voudrais pas être en retard à mon premier jour de travail! À ce soir.

***

À peine Stanislas avait-il quitté le coin de la rue qu'il aperçut quatre garçons; il s'agissait sans doute des ramoneurs, étant donné qu'ils tenaient des balais-brosses sur leurs épaules. Ils regardaient fixement le toit d'une boulangerie, le nez en l'air, avec une expression inquiète. Stanislas alla les rejoindre et mit la main en auvent sur ses yeux pour regarder à son tour.

— Qu'est-ce qui se passe ? Il y a un problème ?

— C'est Pat ! Il fait une crise ! répondit l'un des garçons, les yeux toujours fixés sur le toit.

— Une crise de quoi ?

— D'épiphanie, je crois.

— D'épilepsie, imbécile ! Une crise d'épilepsie ! dit l'un des autres sans se retourner lui non plus.

Stanislas, surpris, aperçut le garçon qui gesticulait, couché sur le dos, comme une carpe privée d'eau.

— Pat ? Pat O'Donnell ?

— Ouais ! Je ne sais vraiment pas ce qui lui a pris de devenir ramoneur, celui-là ! Je savais bien qu'un jour il aurait une crise en ramonant une cheminée !

— Pourquoi vous n'allez pas l'aider ? s'exclama Stanislas, choqué par leur indifférence.

Deux des garçons se retournèrent. Ils le dévisagèrent avec une soudaine expression maligne :

— Eh, c'est le *frog* ! dit l'un.

— Qu'est-ce que tu veux, toi ? dit l'autre, d'un ton agressif.

Stanislas montra le toit du doigt :

— Il risque de glisser et de se tuer, il faut faire quelque chose !

Ils avaient l'air un peu surpris, maintenant. Le plus petit haussa les épaules :

— C'est le grand mal, pas un rhume ! Les gens qui souffrent de ça sont possédés d'un démon. Si sa chute tue le démon, ça sera déjà ça ! C'est déjà bien qu'on l'ait accepté dans la bande, même s'il est possédé !

— Il n'est pas possédé, ce sont des superstitions de grands-mères ! Tous les médecins vous le diront !

— Qu'est-ce que t'en sais, le *frog* ? dit le plus grand.

— Vous n'allez quand même pas le laisser mourir ?

— Ben moi, j'ai une cheminée à ramoner, marmonna l'un des garçons en tournant les talons pour s'éloigner.

— Oui, moi aussi, se hâta de dire un autre en emboîtant le pas.

Eh bien, si ses propres amis sont trop sans cœur pour lui venir en aide alors qu'il en a vraiment besoin, moi, je vais y aller !

Stanislas entra dans la boulangerie, sous le regard surpris des ramoneurs et du boulanger.

Tout en essayant de ne pas perdre l'équilibre, Stanislas tenta de rejoindre Pat, qui était dangereusement proche de la corniche. Prestement, Stanislas se faufila dans la cheminée et commença à l'escalader grâce à l'échelle que Pat y avait laissée. Il eut toutefois beaucoup de difficultés à avancer à cause de la suie qui glissait sur ses yeux et le faisait tousser, mais il pensa que la vie d'une personne était menacée, ce qui le fit redoubler d'efforts. Il fut soulagé lorsqu'il aperçut enfin la lumière qui provenait de l'extrémité de la cheminée. Une fois sur le toit, il rejoignit prudemment Pat. Le garçon faisait pitié à voir : ses yeux semblaient vides, il avait l'écume aux lèvres et il se tortillait de gauche à droite. On aurait vraiment dit qu'il était possédé.

Stanislas mit en pratique ce qu'il avait déjà lu dans un livre de médecine. Une seule chose à faire : immobiliser la victime pour l'empêcher de se blesser, et attendre que la crise passe d'elle-même. À cause de sa petite taille, le jumeau eut beaucoup de mal à empêcher l'Irlandais de se tortiller dans tous les sens ; aussi l'épileptique risquait-il à tout moment de l'entraîner avec lui dans sa chute. Après avoir desserré le pantalon et déboutonné le col de la chemise du garçon pour faciliter sa respiration, il lui tint la nuque. Quand il vit que la crise était sur le point de se terminer, il tourna le corps fatigué du malade sur le côté pour l'empêcher de s'étouffer avec sa propre salive. Quelques instants plus tard, Pat se redressa et regarda autour de lui d'un air dérouté.

— Qu'est-ce qui s'est passé ? dit-il en se frottant la tête.

— Tu as eu une crise d'épilepsie. Attends encore quelques minutes avant de te relever.

— Mathias ? fit l'autre en le regardant, bouche bée.

— Il va falloir que tu boives un peu d'eau, poursuivit Stanislas ; la crise a sans doute dû te déshydrater. Demande à l'un de tes camarades de te raccompagner chez toi, au cas où tu ferais une autre crise en chemin. On dit qu'une crise en présage souvent une autre. Je te conseille de prendre congé aujourd'hui. Je te laisse, je vais être en retard.

Il commença à redescendre l'échelle.

— C'est toi qui... lança l'Irlandais, stupéfait.

***

Stanislas se fit brutalement réprimander par Moretti pour son retard, mais sa première matinée de travail se passa plutôt bien. La veille, il avait été bien formé par son frère, et il se débrouillait comme s'il avait travaillé là toute sa vie. En fait, il s'en tirait si bien que Dominico était frustré parce qu'il n'arrivait pas à trouver un motif pour l'engueuler ou même le battre. Par ailleurs, les collègues de travail qui avaient l'habitude de mener la vie dure à Mathias se sentaient mystérieusement attirés par le garçon. Le charisme de Stanislas faisait son œuvre. Pendant l'heure de midi, certains des enfants irlandais essayèrent de harceler le jumeau, mais il leur adressait des sourires empreints d'indulgence, ou encore il demeurait indifférent. Ils furent trop surpris, sur le coup, pour redoubler de méchanceté. Stanislas en fut soulagé. Il commençait à comprendre ce que vivait Mathias.

Tout au long de la matinée, il avait été témoin de l'intransigeance du contremaître qu'on avait assigné à l'équipe de son frère, lequel traitait ses ouvriers, surtout les plus jeunes, comme des esclaves. À mesure que les heures passaient, Stanislas sentait monter la colère en lui, malgré la fatigue occasionnée par ce travail auquel il n'était pas habitué.

Une idée commença alors à germer dans son esprit. Et s'il profitait de sa venue ici pour venger son frère de cet homme qui l'avait tant malmené? En se vengeant, il rétablirait la justice et se rapprocherait un peu plus de son but. Il se donna la journée pour réfléchir à un plan qui lui permettrait de débarrasser le monde, une fois pour toutes, de cet homme qui prenait plaisir à faire souffrir les autres, et qui ne méritait pas le souffle de vie reçu de Dieu.

Stanislas profita de la pause-repas pour se rendre dans la salle de tissage où Angela, l'ange gardien de Mathias, était censée l'attendre. Il aperçut, appuyée contre l'un des métiers à tisser, une jeune femme rousse qui lui sourit dès que son regard croisa le sien. Il alla la rejoindre ; ses gestes étaient empreints de bonté. Le jumeau lui rendit bientôt son sourire. D'un signe de la main, elle invita le jeune garçon à venir s'asseoir près d'elle et elle partagea son déjeuner avec lui. Ils se mirent ensuite à échanger en s'écrivant de petits mots sur des morceaux de papier. Elle lui résuma son histoire. Elle avait quitté l'Irlande avec ses parents et ses trois frères afin de fuir la grande famine qui sévissait dans son pays natal. Ses parents étaient morts durant la traversée de l'Atlantique, ses frères aînés et elle-même avaient été pris en charge par un orphelinat dès leur arrivée en Amérique. Elle y avait rencontré son mari, qui lui avait donné un fils, avant d'être victime d'un accident de travail qui lui avait coûté la vie. Elle ne s'était pas remariée et vivait seule avec son enfant.

Stanislas, touché par ce qu'il lisait, décida d'être aussi honnête qu'elle : il écrivit qu'il avait pris la place de son frère jumeau, analphabète, qui voulait absolument faire bonne impression. La femme sourit, l'air indulgent ; elle écrivit sur une autre feuille de son carnet :

J'attendais que tu te décides à me le dire toi-même. Dès que je t'ai vu, j'ai tout de suite senti que tu n'étais pas la petite grenouille que je connaissais. Comme je suis sourde et muette, mes yeux ont appris à remarquer les petits détails. Malgré votre ressemblance, votre regard ne s'ouvre pas sur la même âme. Au plaisir de te revoir, Stanislas, et ne t'inquiète pas pour Mathias, je veillerai sur lui comme l'aurait fait votre mère. Je ressens l'affection que tu lui portes. J'aurais tant voulu que mon fils connaisse lui aussi la beauté de l'amour fraternel.

***

— A comme arbre, B comme baleine, C comme cachalot, D comme dauphin… Qu'est-ce qui venait ensuite ? C'était E ou G ? À moins que ce ne soit F ? Qu'est-ce que tu en penses, toi, Saint-Laurent ? Tu t'en souviens ? demanda Mathias à sa grenouille qui, pour toute réponse, se contenta d'avaler le moustique qu'elle venait d'attraper d'un coup de langue.

Tout au long de l'avant-midi, Mathias s'était sérieusement mis à l'étude de l'alphabet. Stanislas avait associé chacune des lettres à un mot commençant par cette lettre et il lui avait également appris à différencier les voyelles des consonnes. Mathias avait mal à la main, au poignet et au bras : il s'était aussi exercé à recopier les lettres de l'alphabet et il savait maintenant écrire son prénom.

J'ai mal à la tête ! On dirait que toutes les lettres de l'alphabet se ressemblent ! Je me demande comment Stan arrive à déchiffrer quelque chose de tout ce charabia. Je me demande comment il se débrouille à la fabrique. Il est passé midi, il a sans doute déjà rencontré Angela. Mon Dieu, j'espère qu'il a fait bonne impression ! J'ai tellement hâte à demain pour la revoir ! Quelle femme extraordinaire, quand même ! Si tous les Irlandais pouvaient en prendre de la graine ! On est loin du gros Fat, ça, c'est sûr !

Il remarqua soudain que Stanislas avait laissé ses vêtements habituels bien pliés dans un coin du hangar. Il sourit. Pourquoi ne pas aller jouer un tour au vieux Cadoret en se faisant passer pour lui ? Le curé le croirait : c'était un jour de semaine, donc un jour de travail à la fabrique ; le curé ne penserait pas une seconde au « vilain Mathias ». *Il me donnera peut-être un peu d'argent ; il avait l'habitude d'en donner à Stan, son petit chouchou, après la messe !*

Il se mit à rire en enfilant les vêtements de son frère :

— Tu vas voir, Saint-Laurent, ça va être drôle !

Hilare, il se rendit d'un bon pas au presbytère de l'église Saint-Jean-Baptiste. Il prit son air le plus sérieux et, après avoir pris une grande inspiration, il frappa à la porte. Le curé Cadoret vint lui ouvrir. Il fut surpris d'apercevoir son ex-servant de messe sur son palier.

— Bon après-midi, monsieur le curé, fit Mathias en essayant de prendre le timbre de voix timide et aigu de son frère.

— Stanislas ? Qu'est-ce qui me vaut l'honneur de ta visite ?

— Oh, vous savez, monsieur le curé, il n'y a pas de raison particulière. J'avais envie de vous voir, question de prendre de vos nouvelles, c'est tout !

— Entre donc quelques minutes, mon garçon. Effectivement, je crois que nous avons beaucoup de choses à nous dire. Il y a un petit bout de temps que nous ne nous sommes pas parlé, s'exclama-t-il sur un ton étonnamment jovial.

— Merci beaucoup, monsieur le curé, dit Mathias en le suivant dans le couloir; ils arrivèrent dans le bureau où étaient entreposées les archives de la paroisse.

— Ici, nous serons tranquilles. Sœur Marie-Madeleine m'a appris avec regret que tu avais décidé d'abandonner l'école. Ce n'est pas parce que vous aviez besoin de rapporter un autre salaire, j'espère? D'ailleurs, ce garnement de Mathias ne te malmène pas trop? Si j'étais toi, je m'éloignerais le plus rapidement possible de lui. Ce petit vaurien n'ira jamais nulle part et je crains qu'il n'ait une mauvaise influence sur toi. Lorsque ton père s'éteindra, ce qui est de toute façon malheureusement inévitable, je te ferai adopter par une très bonne famille, tu peux en être sûr. Qui ne te voudrait pas comme fils? N'aie crainte de devenir orphelin, fit le curé Cadoret en s'approchant un peu plus de Mathias pour le rassurer.

— C'est gentil, monsieur le curé, mais n'en mettez pas trop sur le dos de mon frère, quand même, dit Mathias, en essayant de ne pas trop paraître insulté.

— C'est triste que Dieu t'ait attribué ce frère jumeau. Il te semble impossible de pouvoir le détester. Vous êtes inséparables, comme si vous étiez nés avec un seul cœur. Un véritable parasite, dans son cas. Je savais que si je voulais te garder auprès de moi, il fallait que je prenne Mathias également; sinon, tu n'aurais pas voulu être mon servant de messe. N'ai-je pas raison? Sois honnête, Stanislas, le salaire de ton frère est-il suffisant pour subvenir à vos besoins?

Le curé lui avait posé une main sur la tête et lui caressait les cheveux; il semblait plein de sollicitude.

— Euh, oui, bien sûr, monsieur le curé. Nous ne manquons de rien, je vous assure, répondit Mathias en rougissant.

— En es-tu sûr? Tu ne sembles pas très convaincu. Tu n'avais pas à faire ça. Je serais même prêt à payer tes études supérieures, le moment venu. Tu sais que tu peux me demander n'importe quoi. Je suis prêt à exaucer tous tes désirs. Allons, nous trouverons une solution à tes problèmes financiers un peu plus tard. Allez, détends-toi un peu, ajouta-t-il. Passons à notre petite activité préférée.

Le curé se fit plus entreprenant.

— Enlève ta chemise, lui dit-il, afin que je puisse admirer la beauté de ton petit corps !

Mathias ne savait pas comment réagir à cette demande. En fait, il ne comprenait pas ce qui lui arrivait. Le souffle entrecoupé, le curé mit alors ses mains sur le cou et la poitrine du garçon.

— Voyons donc, tu joues au timide ? Laisse-moi t'aider, dit le curé en déboutonnant la chemise du jeune garçon avec dextérité ; il la laissa choir sur le sol.

— Ce que tu es beau. Tourne-toi afin que je voie ton dos.

Mathias s'exécuta, plus gêné qu'obéissant.

— Mais, mon petit, tu as pris un peu de muscles depuis la dernière fois. Voyons voir, si c'est la même chose un peu plus bas, dit-il, haletant, en baissant le pantalon du gamin.

Mathias était complètement sidéré. Pourquoi le prêtre l'avait-il déshabillé ? Se retournant, il vit le curé qui laissait tomber sa soutane sur le sol, les yeux exorbités et la bouche ouverte ; l'homme d'Église murmura :

— Viens, mon petit, laisse ton curé commettre son petit péché. Tant que tu n'es pas baptisé, tes péchés ne comptent pas. Comme Dieu ne te reconnaît pas encore comme l'un de ses enfants, nous pouvons en profiter pour passer de petits moments intimes ensemble. Nous aimons tant cela, tous les deux! Tu ne peux donc pas avoir de remords. Quant à moi, pour ma pénitence, je te donnerai, comme d'habitude, la monnaie que j'ai gardée de la dernière quête dominicale.

C'était donc à cela que Stanislas s'adonnait lorsqu'il était seul avec le curé Cadoret. De quoi s'agissait-il exactement? Son esprit était si confus qu'il ne savait comment réagir, de sorte qu'il se sentit paralysé.

Le vieil homme retourna alors le corps du garçon et l'appuya contre le bureau. Mathias voulut réagir et se dégager, mais il était trop tard. Il sentit alors le poids du curé qui s'écrasait sur lui et comme un objet très dur qui opérait un mouvement de va-et-vient au creux de ses reins. Sans trop savoir combien de temps durerait ce manège, il entendit presque aussitôt le cri du curé et, au même moment, un liquide poisseux se répandit le long de ses jambes.

— Il n'y a pas que moi qui dois profiter de ce plaisir. Il m'est important de te satisfaire comme je le peux. Je me souviens encore de la première fois que je t'ai vu dans le quartier.

Dès que mon regard s'est posé sur toi, j'ai tout de suite su que tu étais différent des autres enfants.

Après ces quelques paroles, le curé Cadoret voulut approcher ses mains et sa bouche du sexe de Mathias et il ajouta :

— Regardons si on peut faire grandir ce petit piquet, fit nerveusement le curé en ricanant et en fixant intensément l'organe de l'enfant.

Profitant de ce moment de désinvolture, alors que le pervers curé se concentrait sur la seule chose qui l'intéressait, Mathias releva prestement son pantalon et, d'une main, ramassa sa chemise à la volée ; il se dirigea brusquement vers la porte du bureau. Le prêtre, surpris et estomaqué, n'eut aucune réaction. Mathias se retrouva dans la rue. Le sentiment de honte qui l'habitait était tellement intense qu'il n'avait qu'une seule idée en tête : s'enfuir et trouver refuge dans le réduit qui lui servait d'abri, et ne plus jamais en sortir.

Dans sa fuite, il emportait non seulement la souffrance morale qui l'assaillait, mais également la haine qui grandissait en lui ; cette haine, il l'éprouvait pour le curé, mais encore plus pour son frère, qu'il considérait désormais comme un traître, et la cause de tous ses malheurs.

Chapitre XII

À la croisée des chemins

À l'autre bout de la ville, à la fabrique, les choses s'envenimaient.

— *Bastardo* ! Tu vas payer pour ce que tu m'as fait ! Tu mourais d'envie de te venger, n'est-ce pas ? Eh bien ! tu as raté ton coup et tu vas regretter de l'avoir raté, tu peux me faire confiance ! Je vais te faire payer ça, hurla Moretti en fixant le gamin de ses yeux noirs, tout en essayant de supporter la douleur que lui avait infligée Stanislas.

Quelques instants plus tôt, soit quelques minutes avant la fin du quart de travail, Stanislas avait discrètement suivi le contre-maître jusqu'à l'entrepôt où ce dernier, même si les patrons de la fabrique le lui interdisaient formellement, allait fumer son cigare en cachette. En se rappelant que son frère possé-dait un couteau de pêche dans sa poche, il lui vint l'idée de s'en servir pour poignarder Dominico. N'était-ce pas là un autre moyen de se rapprocher de sa rédemption? Car en vengeant ainsi son frère et tous les autres employés, il ne ferait que rétablir la justice. Malheureusement pour Stanislas, il rata son coup, ne réussissant qu'à blesser le contremaître à l'épaule; la lame du couteau érafla l'omoplate de l'homme, alors que le jumeau visait initialement le cœur. Stanislas prenait maintenant conscience de la gravité de l'erreur qu'il avait commise. Ce cruel contremaître qui venait à peine d'allumer son cigare n'allait sans doute pas lui faire de cadeau. Étant beaucoup trop chétif, Stanislas savait qu'il n'allait pas faire le poids contre cet homme qui le fusillait littéralement du regard.

Avant même que le garçon ne se décide à se sauver, l'homme l'empoigna solidement par le bras. Malgré sa douleur à l'épaule gauche, Dominico poussa Stanislas contre le cadre de la lourde porte de l'entrepôt et lui arracha, d'un geste brusque, le couteau couvert de sang pour en enfoncer aussitôt la lame dans l'une des mains de sa victime. Une douleur fulgurante traversa le corps du garçon qui demeura tout de même conscient. Stanislas commença à réciter difficilement le Notre Père, comme si cette prière pouvait le protéger.

— Ça ne sert à rien de réclamer l'aide de Dieu! Il ne m'a pas aidé, moi, quand tes semblables me martyrisaient; alors, pourquoi viendrait-il aider un meurtrier? Il ne te pardonnera pas d'avoir eu l'intention de me tuer! Le meurtre est un terrible péché, dit l'Italien, fou de rage, en enfonçant de nouveau la lame du couteau dans l'autre main du jumeau.

Stanislas essaya courageusement de supporter la douleur, bien qu'il ne put empêcher les larmes de s'échapper de ses yeux.

— Eh bien! quels jolis yeux tu as, surtout quand ils sont mouillés. Il serait intéressant de savoir s'ils peuvent servir à autre chose... Comme à éteindre ceci.

Dominico se pencha, saisit son cigare et en tira une dernière bouffée. Il l'approcha ensuite lentement, très lentement de l'œil gauche de Stanislas pour l'y enfoncer profondément. Ça en était trop; le garçon poussa un hurlement de douleur si strident qu'il surprit même le sadique contremaître. Du même coup, par réflexe, la tête de Stanislas se tourna rapidement. Mal lui en prit, car le cigare, instrument de torture improvisé par Dominico, n'était toujours pas éteint, et brûla la joue de Stanislas ; il serait à jamais défiguré.

Le pauvre gamin souffrait le martyre. À peine conscient, il ne bougeait plus et le sang coulait de ses mains, le long de ses bras, et maculait le reste de son corps. Il n'avait même plus assez d'énergie pour crier à l'aide. Il sombra dans l'inconscience.

Dominico, satisfait de son œuvre, retira alors le couteau de la main du garçon. Stanislas s'affala au sol. L'homme saisit ensuite un pied-de-biche et s'acharna sur le corps inerte du jumeau. Puis, persuadé de son bon droit et surtout de son immunité totale, il rentra chez lui sans accorder un dernier regard à sa victime.

Attirés par le vacarme provenant de l'entrepôt, des ouvriers et des ouvrières s'y dirigèrent et découvrirent le petit martyre.

— Le pauvre garçon ! cria un homme.

— Tu crois que c'est son contremaître qui lui a fait ça ? demanda un autre en arrivant sur les lieux.

— Qu'est-ce que tu penses ? Vraiment, ils vont trop loin. C'est la goutte qui fait déborder le vase! Ils nous traitent comme du bétail. J'en ai plus qu'assez! Tu as vu ce qu'ils ont fait à cet enfant? Avant, ils se contentaient de leur faire des ecchymoses; voilà maintenant qu'ils se permettent de les torturer. Comment réagirais-tu si on traitait ton fils ainsi? Rien qu'à y penser, j'en tremble de rage.

— Et tu crois qu'il était à la charge de quel contremaître?

— Le nom m'importe peu! Ce que cet homme a fait est inacceptable, peu importe qui c'est. Ces maudits contremaîtres se croient tout permis et les grands patrons les laissent faire, en plus. Si seulement il y avait plus de solidarité entre les ouvriers! Hélas! Nous nous livrons à des guerres inutiles qui nous divisent; en réalité, nous sommes dans le même bateau!

En entendant ces voix, Stanislas ouvrit son œil droit et aperçut de nombreux visages qui le fixaient d'un regard inquiet.

— Hé! ça va aller, petit? demanda l'homme au gamin qui respirait difficilement.

— Je… Je crois, répondit courageusement Stanislas, sonné, et le visage douloureux.

Un homme courut chercher une serviette humide pour le soulager, au moment même où

Angela arrivait sur les lieux du crime. Lorsqu'elle aperçut le garçon aussi mal en point, elle ne put contenir ses larmes et se précipita pour l'enlacer. Des enfants ouvriers, quant à eux, regardaient la scène d'un air horrifié ; certains éclatèrent en sanglots, de peur qu'il leur arrive la même chose.

— C'est un petit Canadien français, je le reconnais, il habite dans mon quartier. Je l'emmène à l'hospice immédiatement, dit un homme en se penchant pour le prendre dans ses bras.

— Non ! Je vous en prie, ne faites surtout pas ça ! Ça va aller ! lança le gamin en essayant de se relever, malgré les douleurs qui l'assaillaient.

Il ne voulait surtout pas risquer d'être soigné au même endroit que son père, et que celui-ci l'aperçoive dans cet état.

— Tu es sûr ? demanda l'homme, insistant.

— Oui, merci, monsieur. Vous savez, je ne suis pas si blessé que ça. Le sang et les brûlures vous donnent l'impression que c'est grave, mais ce ne sont que des égratignures, affirma-t-il, se mentant à lui-même, alors qu'il avait toujours l'impression de brûler en enfer tant sa douleur était intense.

— Je n'aime pas ça. Son œil blessé coule. Ça serait vraiment plus sage d'aller te faire examiner d'urgence... J'ai bien peur que tu deviennes borgne, mon petit.

— J'irai, promis, mais par moi-même, d'accord? affirma Stanislas sur un ton qu'il voulait rassurant; il s'apprêtait à partir, titubant sous le regard inquiet des ouvriers, malgré la présence d'Angela qui, déchirant son châle, s'empressa de panser l'œil et la joue brûlés du pauvre garçon. Avec le dernier morceau, elle lui banda les mains du mieux qu'elle put, ce qui donna l'impression que le sang avait cessé de couler.

— Non, tu dois rester! Ce n'est pas sérieux! Tu ne vas pas t'en aller dans cet état?

— Il le faut... Mon... Mon... Mon père m'a toujours dit que les marins n'ont pas... Ils n'ont besoin de la pitié de personne. Merci beaucoup de votre soutien, ânonna-t-il en se relevant difficilement.

La foule le regardait s'éloigner en titubant comme un miséreux. Pour plusieurs d'entre eux, c'était le pire cas de maltraitance jamais vu à l'endroit d'un enfant ouvrier.

— Quel courage… Nous avons beaucoup à apprendre de lui, dit l'un des hommes en le regardant s'éloigner.

Stanislas ignorait qu'il venait d'engendrer les balbutiements d'une union entre les Canadiens français et les Irlandais.

***

Revenu chez lui, Mathias ne put trouver consolation qu'auprès de sa grenouille.

— Saint-Laurent, mon petit Saint-Laurent, si tu savais ce qui m'est arrivé. C'est horrible ! Je ne savais pas que quelque chose d'aussi répugnant existait. On ne peut faire confiance à personne. Tu es vraiment mon seul ami dans ce monde, dit le gamin qui tremblait ; il serra sa grenouille contre lui comme une peluche, revivant en pensée les terribles événements dont il avait été victime au presbytère, l'après-midi même.

Lorsque Stanislas, ensanglanté, arriva péniblement au hangar, Mathias, qui l'avait vu venir de loin, avait prestement verrouillé la porte.

— Mathias, ouvre-moi.

— Va-t'en ! Je ne veux plus jamais te voir ici ! Tu entends ? À partir d'aujourd'hui, tu n'habites plus ici ! cria-t-il.

— Mathias, qu'est-ce qui se passe ?

— Qu'est-ce qui se passe ? Qu'est-ce qui se passe ? Tu ne devines pas ? Tu es vraiment dégoûtant ! Jamais je n'aurais pu imaginer ça de toi ! Tu devrais avoir honte ! Pas étonnant que tu n'aies jamais osé m'en parler !

— Mais de quoi parles-tu ? demanda faiblement Stanislas, surpris du comportement soudain de son frère.

Les mots de Mathias déferlèrent, cruels, cinglants :

— Arrête de jouer les innocents ! Tu l'as déjà fait pendant trop d'années ! C'est bien toujours ceux-là ! Monsieur joue les anges avec tout le monde, monsieur se croit le garçon le plus intelligent de la Terre, mais personne ne sait que monsieur n'est en fait qu'un pervers. Je comprends maintenant la complicité qui t'unissait au curé Cadoret et d'où provenait tout cet argent ! Et dire que, tout naïvement, moi, je croyais que le curé t'appréciait plus que moi! Mais non, c'était en échange de faveurs obscènes! Et délibérément, en plus! Ce n'est même pas le curé Cadoret qui te forçait à le faire!

— Ah! je vois, lâcha Stanislas, sidéré. Toi aussi, tu t'es livré à une mascarade et tu t'es amusé à prendre ma place! Mais quelle idée de fou de rendre visite à monsieur le curé?

Mathias ne décolérait pas:

— Oui, mais j'ai bien fait! Tu oses l'appeler *monsieur*? Ne perds pas ton temps. J'ai découvert ton vrai visage. Mais le pire, c'est que tu semblais apprécier les « petites faveurs » de Cadoret! cria-t-il à travers la porte.

— Si tu savais comme je le regrette, Mathias. Ne crois pas que j'aimais ça. J'ai commis une terrible erreur. Mais dans quel pétrin t'es-tu fourré pour subir le même sort que moi? Tu dois comprendre pourquoi je ne t'ai rien dit…

— Menteur! Je suis sûr que tu aimais ça! Tout cela était horrible, Stan, horrible! Je ne veux plus jamais vivre ça! Je ne peux pas te le pardonner.

— Mathias, s'il te plaît, ouvre-moi, je veux absolument que tu me voies, hurla à son tour Stanislas.

— Plus jamais ! je t'ai dit. Juste à me regarder dans le miroir, je me remémore ton visage et cela me dégoûte. Au moins, mon reflet ne risque pas de me mentir, lui. Si tu savais comme je te hais ! C'est toi qui m'as entraîné dans cette histoire de Cétacia. Tous nos problèmes ont commencé à partir de là ! Je me fiche des cétacés et d'être un prince ! Je ne veux plus jamais entendre parler de cette chimère, tu entends ? Tu iras régner seul sur ce royaume, je m'en fous ! Toutes ces satanées épreuves ne font que nous causer du mal, dit Mathias en lançant le journal de bord d'Herman Melville par un trou de la porte. Tiens, prends ça, je ne veux plus rien savoir.

— Mathias… fit Stanislas, suppliant.

— Je te donne deux minutes pour quitter les lieux. C'est moi qui paie le loyer du hangar, après tout. N'y remets jamais plus les pieds !

— C'est entendu. Je comprends ce que tu ressens et je comprends aussi la haine que tu éprouves envers moi. Si tu ne veux plus de moi, je ne resterai pas ici plus longtemps. Au revoir, Mathias.

Oubliant sa douleur, Stanislas tourna les talons pour s'éloigner; il titubait sans but précis. Son frère ne lui rendit pas son salut. Le silence suivit la tempête. Quelques minutes plus tard, Mathias ouvrit la porte et s'aperçut que son jumeau n'était plus là. À cause de son entêtement, Mathias ignorait que son frère était grièvement blessé. S'il avait compris à quel point Stanislas était souffrant, il ne l'aurait sans doute pas laissé partir.

Hélas! le destin en avait décidé autrement. Bien de l'eau allait couler sous les ponts avant que leurs regards ne se croisent à nouveau...

Cétacia

Le peuple élu

Chassé de son domicile par son frère, Stanislas s'exila à Boston où il se lia d'amitié avec une bande de pickpockets prétendant être à la recherche d'une Terre promise. Et si ces orphelins faisaient en réalité allusion à Cétacia, sans en être tout à fait conscients ?

Stanislas soupçonna même leur chef d'être un lointain descendant des cétacés qui habitaient jadis sur la terre ferme.

Avec ses nouveaux disciples, celui qui se considère comme l'héritier de Cétacia est plus déterminé que jamais à délivrer son peuple. Devrait-il encore commettre de terribles atrocités pour accomplir sa mission ? Mathias serait-il le seul capable de le raisonner avant qu'il n'aille trop loin ? La rupture entre les jumeaux serait-elle définitive ? Qui parviendrait à atteindre Cétacia, si tant est que ce lieu mythique existe ? Jusqu'à quel point les sévices physiques et moraux qu'avaient subis Mathias et Stanislas les marqueraient-ils ? Pourraient-ils un jour se venger ?

Alors que la ville de Lowell était inexorablement plongée dans un mouvement ouvrier qui ne serait pas sans conséquence, la relation amour-haine qui divisait maintenant les deux frères leur permettrait-elle d'affronter les moments difficiles qui les attendent dans le second tome, *Le peuple élu* ?

Table des matières

Mel Gosselin

Originaire de Rimouski, Mel Gosselin est d'abord et avant tout adepte de l'animation japonaise, des bandes dessinées et des jeux vidéo. Un jour, *Oliver Twist* tombe par hasard entre ses mains. C'est le coup de foudre. La littérature, particulièrement les classiques du XIXe siècle, devient sa nouvelle passion. Mel n'a, depuis, qu'une idée en tête : marcher sur les traces de Charles Dickens et de Jules Verne. Se définissant comme étant une *geek*, l'auteur aime puiser son inspiration dans la sous-culture, se prendre pour un personnage de manga, s'évader dans son monde et côtoyer des individus aussi colorés qu'elle, qu'ils soient fictifs ou réels. Lorsqu'elle ne rêvasse pas, Mel est adjointe administrative de profession et enseignante de français, langue seconde.